U0941271

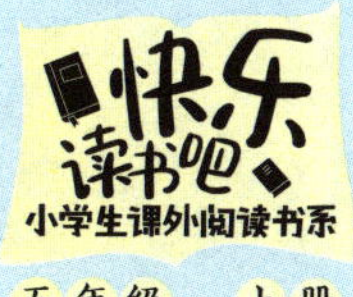
快乐读书吧
小学生课外阅读书系
五年级 上册

非洲民间故事

尚金格　编译

中国大百科全书出版社　知识出版社

图书在版编目（CIP）数据

非洲民间故事 / 尚金格编译. -- 北京：知识出版社，2020. 10

ISBN 978-7-5215-0253-4

Ⅰ. ①非… Ⅱ. ①尚… Ⅲ. ①民间故事－故事集－非洲 Ⅳ. ① I407.3

中国版本图书馆 CIP 数据核字（2020）第 190894 号

非洲民间故事

尚金格　编译

出 版 人　姜钦云
丛书策划　李默耘
图书统筹　李现刚　王云霞
责任编辑　王云霞
责任印制　李宝丰
美术编辑　张　婷
出版发行　知识出版社
地　　址　北京市西城区阜成门北大街 17 号
邮　　编　100037
网　　址　http://www.ecph.com.cn
电　　话　010-88390659
印　　刷　北京天恒嘉业印刷有限公司
开　　本　880 毫米 ×1230 毫米　1/32
字　　数　185 千字
印　　张　8.25
版　　次　2020 年 10 月第 1 版
印　　次　2022 年 8 月第 5 次印刷
书　　号　ISBN 978-7-5215-0253-4
定　　价　30.00 元

目录

孤独的心

狮子夫妇有三个孩子，一个孩子给自己起名为孤独的心，一个孩子给自己起名为父亲的心，第三个孩子则为自己起名为母亲的心。

有一天，名叫母亲的心的小狮子碰到一头野猪。在追捕野猪的时候，它的母亲在远处看到了，急忙跑过来帮它杀掉了野猪。随后，狮子母子便开始品尝美味的野味。

同样，父亲的心在抓捕野猪的时候，被它父亲看到了，它父亲就急忙前来帮它。它们父子共同杀死野猪后，一起开心地品尝美味的野味。

孤独的心也碰到一头野猪，它特别想抓住它，但是没有任何动物愿意帮助它，因为它的名字叫孤独的心。孤独的心继续捕猎，依然得不到任何动物的帮助。它变瘦了，一直消瘦下去。

名叫父亲的心和母亲的心的小狮子依然生龙活虎，因为它们的心不孤独。

丢失的消息

一直以来，蚂蚁们有很多敌人。它们个头太小，很容易被其他动物打败，因而不断有大量的蚂蚁被杀死。并不只有鸟类是它们的天敌，食蚁兽的主要食物便是蚂蚁，蜈蚣也会利用各种机会对它们发起攻击。

蚂蚁们以家族为单位生活在世界的各个角落里。每个家族都有属于自己的工作任务，并拥有固定和良好的工作方式。所以，它们总会在同一条道路上辛勤工作。蚂蚁国王是从它们当中选出的，蚂蚁团队的分工合作精神让它们可以完成所有繁重的工作任务。

但是，所有蚂蚁家族都没有想过怎样保护自己，不知道怎么对抗鸟类和食蚁兽的攻击。

红色蚂蚁在大地上建造了房子并居住在里面，可是食蚁兽像玩游戏一样，在一分钟之内就能进入它们花费很多时日才造好的房子。

大米蚂蚁居住在地下洞穴里，它们的运气同样很差。

每当它们爬出洞口的时候，食蚁兽出现了，它把蚂蚁从地洞里挖出来放在自己的背包里带回家。

鹡鸰蚂蚁选择住在大树上，可是很多次，蜈蚣早已等在路上伺机捕食，小鸟们也是蚂蚁的敌人。

灰色蚂蚁则试图飞到天空中逃脱死亡的威胁，可是飞行也没有给它们带来安全，因为蜥蜴、蜘蛛和小鸟们的速度比它们要快很多。

因此，蚂蚁们决定寻找一个解决方法。

它们聚集在一起召开会议，所有的蚂蚁都想到一个解决办法：当鸟类和其他凶猛的动物发起攻击的时候，它们可以躲到一个安全的地方。与会的蚂蚁有红色蚂蚁、大米蚂蚁、黑蚂蚁、鹡鸰蚂蚁、灰色蚂蚁、身体发亮的蚂蚁，以及其他种类的蚂蚁。会议召开得可谓热烈而隆重，可是，会议持续了很长时间，却没达成一致的决议。

一些蚂蚁想让大家都住到地下的洞穴里；另一些蚂蚁却想在地上建造一座很大很牢固的房子——这座房子只有蚂蚁可以进出，其他动物都不可以；还有一些蚂蚁想住在大树上，这样可以躲避食蚁兽的攻击，可它们忘了自己的敌人——小鸟。

直到会议结束，蚂蚁们也没有达成共识。蚂蚁们不明白为什么会这样，随后，它们回到各自的家中考虑该如何解决问题。

在接下来的日子里，它们依然按照自己的方式去生活，并且只为自己小家族的安全负责。

当蚂蚁国王得知会议并没有达成任何决议时，命令秘密军使去传递信息。但不幸的是，国王竟然选择一只蜣螂虫作为自己的信使。直到今天，它也没有把消息传递给那些蚂蚁。

因为蚂蚁们选择了这种生活方式，所以它们至今还是其他动物的猎物。

当狮子能飞翔的时候

传说，狮子曾经拥有飞翔的能力，以至任何动物都难逃脱它的手掌心。由于它不希望自己捕捉猎物时丧失飞翔的能力而全身骨骼被摔成碎块，所以它命令一对白色的乌鸦（那时的乌鸦是白色的）在它外出捕猎的时候替自己守护藏在洞穴中赋予它飞翔能力的神奇猎物的骨头。

有一天，一只青蛙来到狮子的洞穴里，把狮子所有的猎物的骨头都弄碎了。

青蛙说：“狮子回到洞穴的时候你们告诉它，我就住在那个湖泊里，如果它想找我报仇，它应该到那里和我决斗。”

那时，狮子正在森林里捕猎。当它想要飞行的时候，却发现自己飞不起来了。狮子非常生气，它知道是自己存在洞穴里的东西出了问题。

它回到洞穴，向乌鸦问道：“你们到底做了什么？我不能飞了。”

乌鸦对它说：“青蛙来过这里，它把猎物的骨头弄碎了；还说

如果你想找它报仇，可以到那个湖泊里与它决斗！”

狮子朝着湖泊的方向出发了。它抵达湖边时，看见青蛙坐在岸边，便想抓住青蛙。

当它快要追上青蛙的时候，青蛙叫了一声。接着，青蛙跳入水中，游到湖对岸，在岸边坐下。狮子想飞到青蛙身边，却发现自己飞不起来了，便扫兴地回到洞穴。

传说从那天起，狮子只能依靠自己的四条腿走路，并开始学习侦查和捕猎。而那对负责看管猎物骨头的白色乌鸦竟变成了彻头彻尾的黑乌鸦。

河马与乌龟的故事

很久以前，河马叫伊三丁，那时它是大地上众多国王之一，有七个肥胖的妻子。它经常为自己的国民举办盛大的节日派对，可奇怪的是，所有的动物都不了解它，甚至不知道它的真实名字。

在一次盛大的节日派对上，当动物们纷纷落座之后，河马对大家说：“你们可以坐在我的桌子旁吃饭，不过，如果你们猜不到我的名字，就不仅不能吃东西，还要立即从这里离开。”

由于大家都猜不到河马的名字，只得纷纷离开宴会现场，放弃了丰盛的晚餐。但是在它们离开之前，乌龟站起身问河马，是否可以在下一次的晚宴上说出它的名字。河马同意了，但心中有些忐忑，之后便和自己的家人回到河水中。

彼时，河马习惯和自己的七位妻子每天上午、晚上到河中洗澡。乌龟打听到河马的生活习惯，知道它总是走在队伍的前面，七位妻子则跟在它的身后。

这一天，在它们正在河边洗澡的时候，乌龟在它们的必经之路上挖出一个小坑，自己趴在坑里等着它们。当它们洗完澡返回家中的时候，乌龟使自己的壳和路面齐平，让它们看不出路面有什么异样。

当河马落在队尾的两位妻子从此经过时，乌龟猛地趴下身子，路面凹陷了一块，其中一位妻子崴了脚。她立即呼喊自己的丈夫：“伊三丁，我的丈夫，我的脚受伤啦！”

听到这话，乌龟满心欢喜地回到家里，因为它终于知道河马的名字了。

当河马再次举办节日派对的时候，它又一次提出同样的问题。

乌龟站起身对河马说：“你能向大家承诺在我说出你的名字后绝对不杀我吗？”河马答应了它。

乌龟使出自己全身的力气喊道：“它的名字叫——伊三丁。”

随后，在场的所有动物都起立鼓掌。然后，它们坐在桌子旁享用了丰盛的晚餐。

当节日餐会结束后，河马和它的七位妻子来到河中。从那天开始，它们便生活在水中，尽管晚上它们会从河水中走出来寻觅食物，可是在白天，你却看不到一头河马在陆地上生活。

乌龟和它的漂亮女儿

从前，有人认为乌龟是这世上最聪明的动物。为什么会这么认为呢？来听听这个故事。

曾经有一位非常有权势的国王，他有一个儿子名叫埃克彭翁。埃克彭翁王子有五十位年轻美貌的妻子，但是，王子却不喜欢她们。

因此，国王感到非常气愤，颁下一道法令：如果哪位臣民的女儿比王子的五十位妻子更漂亮，并让王子看到了他们的女儿，那么这个姑娘和她的父母都得被处死。

恰巧乌龟夫妇有一个非常漂亮的女儿，它们害怕王子会爱上它们漂亮的女儿，便把女儿藏在家中。

这一天，乌龟夫妇不在家，王子恰巧来到它家附近打猎，王子看到房子前的栅栏上停着一只小鸟——那鸟儿被小姑娘的美貌吸引，并没有意识到王子的到来。

王子射杀了小鸟，小鸟掉进院子里。王子命令仆人前去寻找。仆人捡小鸟的时候，看到了那美丽的姑娘。接着，他回到王子身边并把刚刚看到的一切告诉了王子。王子立即跳过栅栏去找那小姑娘，很快，他爱上了小姑娘。

他留在那里和小姑娘促膝长谈，直到它同意做自己的妻子。他回到王宫时故意躲避自己的父王。

第二天上午，王子在王宫的仓库里挑选了六十件衣服，拿了三百块钱来到乌龟的家中。他对乌龟夫妇说想迎娶它们的女儿做妻子。乌龟先生看到自己最害怕的事情还是发生了，它知道它们一家人的性命也面临着危险，所以它和王子说起了那道法令。

王子回答说，自己不会让乌龟一家人死。最后，乌龟先生妥协了，同意把女儿嫁给王子，等它到可以结婚的年龄就和王子成婚。

王子回到王宫，把这一切告诉了自己的母亲。王后听完儿子的话痛心不已，感觉自己可能会失去让她引以为豪的儿子——如果国王知道自己的儿子不服从他的法令，一定会杀死他的。虽然王后知道愤怒的丈夫会杀死自己的孩子，可是，她也想让儿子可以娶到他心爱的女人。

王后来到乌龟夫妇的家里，给了它们一些金钱、衣服、山药、棕榈油，将这些礼物作为订婚的聘礼。在随后的五年里，王子时常前来看望乌龟的女儿——它的名字叫阿德特。

当阿德特到了结婚的年龄时，王子对乌龟夫妇说他决定迎娶自己的未婚妻，现在乌龟夫妇应该让它住在胖子房[①]里了。

① 胖子房：待嫁的姑娘在结婚前的几个星期里居住的房子。在那里，要给准新娘提供大量的食物，尽可能让她长胖。因为，居住在尼日利亚克罗斯河州克罗斯河下游的人们认为胖才是美。

国王听说这件事后龙颜大怒，命令所有的臣民都到某一个市场上去恭听他的圣训。

那天，市场被挤得水泄不通，放在市场中间的石凳是专门为国王夫妇准备的。

当国王和王后抵达的时候，全体臣民站起身向他们致敬。随后，他们坐在石凳上。国王命令他的仆人把阿德特带到自己的面前来。

但当它来到的时候，国王也被它的美貌惊呆了。他对自己的臣民说，之所以把大家召集在这里，是因为王子不服从自己颁布的法令，执意要迎娶阿德特做妻子。以前，他不了解小姑娘阿德特，现在他亲眼看到了小姑娘美丽的容貌后，觉得自己的儿子做出的决定非常正确。因此，他决定原谅王子。

在场的所有人也都请求国王废除那条不合理的法令。最后，国王同意了。

由于国王颁布的法令被称为“伊博族[①]法令”，于是国王召集八位伊博族的长老，对长老们说要废除这条法令，未来，再也不会有人因为自己的女儿比王子的妻子们漂亮而被杀头了。接着，他赠送给八位长老一些礼物，请他们废除法令。然后，他宣布乌龟夫妇的女儿阿德特可以嫁给自己的儿子。

王子和阿德特当天就举行了婚礼。他们的婚礼非常隆重，整整持续了五十天。国王下令杀了五头牛，并为所有人分发烤熟的

---

① 伊博族：伊博族人被人们称为非洲的犹太人，主要分布在尼日利亚东南部。伊博族人的口头文明有长达一千五百年的历史。

山药和棕榈油。在人们经过的地方，摆放了很多棕榈红酒，所有人都可以尽情畅饮。女人们都在国王的度假村里跳舞，在那里她们可以没日没夜地唱歌跳舞。王子和他的朋友们则聚集在广场上庆祝。

当王子的婚礼结束的时候，乌龟成了这个国家最富有的富豪之一。

很多年后，国王去世，王子顺理成章地继承了王位。

这是否能说明乌龟是世界上最聪明的动物呢？

胡狼的心脏不能食用

布须曼人[①]认为孩子不应该胆小懦弱，所以，他们从不给孩子们食用胡狼的心脏。胡狼天生非常胆小，总是在恐惧中夹着尾巴逃跑；即便它们没有看到人类的身影，仅仅听到沙沙的脚步声也会立即逃走。

孩子们可以食用豹子的心，因为豹子面对困难时从不畏惧。从前有个小孩子，他的爷爷叫撒西。撒西曾经从卡贝图先生那里获赠一只小狗。

这个孩子给这只小狗拴上绳子。在回家的路上，他一直牢牢地抓着绑在小狗脖子上的绳子。

起初，他喂小狗时，总是给它拴上绳子，可后来他把系在小狗脖子上的绳子松开了。于是小狗开始嗅地上的气味，没过多久，它便捕获了几只胡狼。

撒西剥下胡狼的皮，小孩子的奶奶则用那皮做了一件衣

① 布须曼人：生活在南非、博茨瓦纳、纳米比亚与安哥拉，是一个以狩猎、采集为生的原住民族。生活在不同地区的布须曼人的语言差异极大。

服。后来，小狗又捕获了一只胡狼和一只大耳狐，它把猎物衔回家里。

后来，撒西给小狗做了一件胡狼皮皮衣[1]，至于那件用大耳狐皮制作的坎肩则顺理成章地留给了自己。

撒西送给卡贝图一件胡狼皮衣，因为卡贝图是唯一一个愿意给他小狗的人，更因为这些胡狼皮衣是小狗带给他们的。

到后来，撒西已经习惯了这种生活方式。当他亲自烹煮胡狼肉的时候，他会说："你想让我们吃胡狼的心吗？可是如果吃了胡狼的心，就会变成胆小如鼠的懦夫，所以不要吃胡狼的心。"

① 非洲当地部落的首领和尊贵的人士一般会选择夜猫、豹子和狞猫的皮毛制作皮衣。

为什么豹子身上长斑点

豹子是火非常要好的朋友，每天都会到它的家里做客。但是，火却从未到过豹子的家里做客。豹子的妻子不明白，既然火是丈夫最好的朋友，为什么从不登门拜访呢？

豹子并没有理会妻子的疑惑。有一天，它决定亲自去邀请火到家里做客。火却不想去豹子家里做客，它拒绝了豹子并向它致以万分的歉意。

架不住豹子一次又一次邀请，火盛情难却，接受了邀请。火说自己会在第二天到访。

第二天一早，豹子在通往自家的路上铺上了干燥的树叶，然后和妻子在家门口等待火的到来。

突然，夫妻二人听到一声巨响，很快，它们看见家门前的路被火焰吞噬。它们因为迅速逃进屋子才得以躲过一劫，但是它们的皮毛上都留下了一些黑色的火烧痕迹。

所以，现在豹子的身上都有黑色的斑点。

斑马是如何穿上条纹衣服的

很久以前，斑马是浑身全白的。有一只非常傲慢的狒狒，它自称是“水域的霸主”。在旱季里，它唯一的工作便是守着水源地，阻止其他动物前来饮水。

有一天，天气非常干燥炎热，池塘都快干了。斑马妈妈便带着自己的儿子来水源地喝水。

当斑马母子正在水源地饮水的时候，一个声音对它们大声吼道：“滚出去！我是这片水域的霸主，所有的水都属于我！”

斑马母子停止饮水，它们看见一只狒狒生气地坐在篝火旁。

“嘿，这些水属于大家，并不是你个人的东西！”年轻的斑马妈妈说道。

狒狒回答说：“如果你想喝水，就必须和我打一架。”

随后，它开始对斑马母子发起攻击。斑马妈妈和狒狒之间的战斗持续着——直到年轻的斑马妈妈抬起自己的后腿重重地踢在狒狒的身上。瞬间，傲慢的狒狒被踢到空中，随后，它从空中掉了下来，屁股重重地落在岩石上。

直到今天，狒狒的屁股依旧是红红的。

另一边，斑马妈妈没站稳，摔在篝火上，篝火烧掉了它白色的毛发，留下一道道黑色的条纹。受惊的斑马母子立刻跑回了平原。

直到今天，它们一直生活在平原地带。而狒狒和自己的家人则住在岩石间，每天过着挑战入侵者的日子。它们与入侵者进行战斗的时候，常常高高地竖起尾巴，以缓解屁股着地的疼痛感。

这便是斑马如何穿上条纹衣服的故事。

生育繁衍的起源

很久以前，地球上生活着很多动物。

有一天，一个男人和一个女人从天而降，但他们对彼此并没有任何想法，只是一边吃野果一边观察快乐嬉戏的动物和它们的幼崽——他们二人根本不知道怎么生育后代。

为此，造物主让一条居住在河水中的皮同[①]去点化他们。

皮同问他们两个人："其他动物都有自己的孩子，你们的孩子在哪里啊？"两个人对它说他们没有孩子。皮同便对他们说："如果你们想要孩子，我可以帮助你们……"接着，皮同把两个人带到河边。

来到河边后，它让两人四目相对深情地望着对方。然后，皮同回到了河水中。过了一会儿，它又回到两个人身边，此时，它的肚子里装着一捧水。

它不停地说："库斯……库斯……"

再然后，皮同让夫妇二人回到家中一起生活……

① 皮同：希腊神话中的一条巨蟒。

再后来，女人怀孕并生下了他们的孩子。孩子越生越多，及至后来，组成了部落。

这些部落都把皮同看作自己部落的图腾，把它尊为部落的圣物。

猴子与河马

很久以前，香蕉树只能结很少的香蕉，可是爱吃香蕉的猴子却多得数不清。

有一只猴子，名叫淘气鬼，它居住在一条河的河边。

淘气鬼有一片香蕉林，这片香蕉林可以提供给它充足的香蕉。它种植的香蕉味道最美，这让它倍感自豪。

一头名叫拉拉的河马住在这条河里，它是那里的国王。河马很胖，嘴巴也非常大，一口可以吃下六只猴子。河马也非常喜欢吃香蕉，特别是淘气鬼种植的香蕉。河马拉拉经常到淘气鬼的香蕉林里偷香蕉吃，尽管这种行为对于一个国王来说不成体统。

因为总有香蕉被盗，于是猴子寸步不离地看守着自己的香蕉林。

一群鹦鹉小心翼翼地来到香蕉林观察猴子的一举一动——它们正在执行国王下达的偷盗香蕉的命令。

为了能成功地偷到香蕉，它们议定了一个方案：骗淘气鬼说它的哥哥生了重病，希望它能前去看望。

淘气鬼非常牵挂自己的哥哥，得到这个消息后便立即去探望哥哥了。

当然，它很快便发现那是一条假消息，它哥哥的身体非常健康。淘气鬼知道自己上当了，立即走近道赶回香蕉林。

一个天大的消息等待着它。香蕉林的香蕉全都不见了——即便是刚刚结出的小香蕉也被偷走了。

正在它痛苦抱怨的时候，一只鹦鹉飞到它的身边说："嘿！淘气鬼兄弟！河马拉拉命令我们来偷走你所有的香蕉，而且要求我们一片香蕉叶也不能留给你。"

"啊！真的吗？那让它走着瞧……我一定会到拉拉家拿回属于我的香蕉。"猴子大声说。

蛇是一种善妒的动物，身上有很多缺点，但最为糟糕的是，它总爱耍阴谋。当听见猴子发誓要拿回属于自己的香蕉时，它立即把这件事通知了河马拉拉。

"好啊！或许，我应该让那只臭猴子马上到这里来！"河马拉拉说。

蛇来到淘气鬼居住的地方，把拉拉国王的话说给猴子听。猴子心里有些害怕，因为它并不像自己说的那样勇敢。

当它决定去河马拉拉家的时候，脑中突然产生了一个想法。它准备了大量的胶水。以前，这些胶水是捕鸟用的。

拿着胶水，它来到拉拉国王居住的河边。

"它们对我说，你要到我这里来拿走所有的香蕉。这些话是你说的吗？"河马问猴子。

“先生，这话从何说起！所有的香蕉以及我本人都属于伟大的国王。”淘气鬼回答。

“好啊，听你这样说，我心里非常高兴。毋庸置疑，是它们在耍阴谋，并且跟我撒了谎。猴子，你坐吧，但是你只能坐在我的面前，不能触碰你身后的香蕉。”河马说。

淘气鬼遵从命令，背对着成堆的香蕉坐下来。同时，它偷偷拿出胶水在腰间和后背涂抹着。

河马拉拉又说道：“听大家说，你知道很多故事。你想给我讲个故事吗？”

猴子高兴地答应了，给河马拉拉讲了一个非常有趣的故事。

它坐在香蕉前给河马拉拉讲故事的时候，一直没有忘记继续在背部涂抹胶水。

讲完故事后，河马拉拉对它说：“谢谢。你可以离开了，但是，你出去的时候必须对我毕恭毕敬，这样才能显示出你对一位伟大国王的尊重。”

猴子很高兴，因为在它涂抹胶水的后背上已经粘满了香蕉。它毕恭毕敬地面朝河马拉拉倒退着走了出去。当它离开河马拉拉家后，便一路狂奔，然后找了个地方躲了起来。

很快，鹦鹉们发现猴子使了计谋，它们赶紧把这一切告诉河马国王。

当河马国王得知自己被骗后，怒火中烧。它步履踉跄，一不小心竟肚子朝天摔进河中气死了。成功维护了自己权益的猴子成了当地的大名人。

随后，很多动物聚集在一起，它们都肯定了猴子的聪明才智，决定拥戴它为新国王。大家给这位淘气鬼国王陛下取了一个新名字：智者。

在以后的很多年里，猴子把国家治理得井井有条。

豹子内布尔

有一天，饥肠辘辘的豹子内布尔想到一个可以轻易获得食物的方法。

它让自己的儿子萨贝尔在森林里散播一条假消息：森林国王——豹子内布尔患上了重病。

很快，消息便传开了。

没过多久，所有动物都得到一个消息：

> 我们的国王——豹子内布尔快要死了。所有的动物都必须前去探望。

动物们陆续来到内布尔家里探望它。看到有动物前来，豹子内布尔立刻闭上眼睛躺在床上装死。

很快，屋子里的动物们开始哭泣着吟唱：

> 我们的国王去世了，去世了。

我们的心里太悲伤了！

当豹子的儿子萨贝尔悄悄地把房门锁上之后，内布尔突然跳起来，把前来探望它的动物全部杀死了。一些动物被它当场吃掉，另一些则被它储藏起来。

这之后，又有一些动物也怀着沉痛的心情前来哀悼。羚羊是陪着豪猪来的，但其实它对此事充满了怀疑，并给大家说明了疑点，认为它们已经落入豹子设下的陷阱了。

该怎么办呢？它们决定到时候先找一个地方躲起来——这是非常有必要的。然而，只有豪猪没法和别人藏在一起，于是它们决定让豪猪去豹子家探听虚实。

羚羊一边注意观察着内布尔家中的动静，一边说："豪猪先生，进了豹子家后，你先慢慢地靠近豹子，然后蜷缩起身体，用身上的尖刺扎豹子。如果豹子有反应的话，你就赶紧躲开，我们也会躲起来。"

就这样，豪猪先生朝豹子内布尔走了过去，而豹子依旧躺在床上装死。起初，豪猪用尖刺慢慢扎刺豹子的时候，并没有发生任何事情。

豪猪想：豹子真的死掉了！

随后，它决定加大力气刺躺在床上的豹子。结果，内布尔忍不住了，它噌的一下跳起来，满屋子追赶这胆大妄为的豪猪。

其他动物看到豹子跳了起来，纷纷找地方躲藏。只有羚羊在低声吟唱：

豹子用自己的力量成为森林之王，
但是，它却没有智慧。

接着，其他动物也开始跟唱：

我们应该和小羚羊，
聪明的小羚羊一起生活。

为什么猪生活在圈舍里

这个故事发生在非洲的丛林里。那时，猪和它长着獠牙的野猪叔叔生活在一起。每天上午，它们无忧无虑地在丛林中寻找着水果和根茎；中午，它们回到家里睡很长时间的午觉——它们的家位于一个非常古老的大树洞里；下午，它们花几个小时待在河水里洗澡，在河水里快乐地扭来扭去。

野猪喜欢户外的生活，它那尖尖的牙齿能帮它对付一切困难，即便是森林里威武的狮子国王也对它尊重有加。

但是，猪却非常懒惰，总是在不停地抱怨。有一天，它来到河边对野猪说："我想和人类一起居住在村子里。"

"什么？人类居住在用稻草覆盖的茅屋里，而且他们不喜欢动物，他们会把你抓起来的。"野猪警告它说。

"可是，每天吃水果和根茎，我已经厌倦了。"猪抗议说。

"别这样想。"野猪告诉自己的侄子，"我们现在自由自在地生活在一起，和大自然多么亲近！"

可猪一直梦想着要品尝女人们烹制的冒着热气的美食，所以

它并没有听自己叔叔的忠告，第二天便离开了丛林。

从丛林到人类居住的村子要走很远，途中充满了困难和危险；但是，贪吃的猪靠捕捉空气中美食的味道来认路，竟很快找到一个大村庄。

村子里的孩子们看到猪后，跑去通知村子里的大人。男人们手里拿着棍棒成功地抓住了这只可怜的猪，把它关进围栏里。

从那天起，猪开始生活在圈舍里，吃着人类的剩饭，并不停地抱怨着自己的运气，日日夜夜地抽泣："我的野猪叔叔告诉过我，不要到人类生活的村庄来，可我依旧固执己见，现在后悔也晚了。"

感谢青蛙曼奴

当基马纳维萨先生的儿子到了适婚年龄的时候，他问儿子是否想找一个女朋友。但是，儿子却给了他一个出乎意料的回答："我不会娶生活在大地上的女人，我只想迎娶太阳国王和月亮王后的女儿做妻子。"

"可你让我怎么向它们提亲啊？"

"这个我自有办法。"

小伙子写了一封信，请求一头麋鹿把信带到天上。可是，麋鹿拒绝了："我是生活在地上的动物，不能飞上天空。"

"好吧，我会继续寻找信使。"

他对一只羚羊说出自己的请求之后，得到了和鹿先生一样的回答，于是，小伙子又开始寻找能飞的动物。

他对一只老鹰说出了自己的请求，老鹰用力地挥动着自己的翅膀，但它也拒绝了："对不起，我不能帮你。天空太高了！"

秃鹫更是直言不讳地说："不要异想天开了，我只能飞到半空，距离太阳和月亮居住的地方还很远。"

小伙子手里拿着信，十分忧虑。

这个奇怪的愿望很快传遍了整个村子，也传进了青蛙曼奴的耳朵里。它找到小伙子，告诉他，它愿意帮助小伙子实现他的愿望。

小伙子感到非常吃惊，他有些生气地说："那些长翅膀的鸟儿都不可能把信送到天上，你怎么敢说自己可以办到呢？！"

"你把信给我，我能把它带到天上。"青蛙曼奴说。小伙子将信将疑地同意了。

"给你信，拿好了。如果你不能兑现自己的诺言，就要吃我一拳头。"

青蛙曼奴没有犹豫，朝一口水井走去——太阳和月亮的子民经常到那口水井旁提水。它跳进了水井，只一下，水井里便没了声音。

过了很久，水井中传出青蛙曼奴的声音，人们赶忙用水桶把青蛙曼奴从水井里拉了上来。

原来，曼奴跳进水井之后，游进了一个黑暗的通道，然后抵达遥远的天空。

青蛙曼奴到了目的地之后，把信放在太阳国王和月亮王后的房间里。它们看到信时，非常惊讶。不过，太阳夫妇还是接受了小伙子的请

求。于是青蛙曼奴又通过同样的方式返回水井中。

没过多久，新娘子就利用一根太阳国王亲手编制的绳子来到地上。小伙子迎娶了太阳和月亮的女儿，之后他们幸福地生活在一起。这所有的一切都要感谢青蛙曼奴的智慧。

盲人萨乌里

很久以前，有一个盲人名叫萨乌里。他有两个以打猎为生的儿子，无论他们走到哪里，总是随身带着一杆猎枪。

有一天，两个儿子决定带着父亲到荒漠地区去打猎，让父亲负责管理猎物。他们抵达荒漠后，建造了一座小营地，然后，兄弟二人便出发去打猎。

盲人萨乌里独自留在营地。不大一会儿，他听到自己的身后有沙沙声。这是人类走路时发出的声响。于是，双目失明的萨乌里说：“朋友，欢迎你来到这里！”

“谢谢你，朋友！”一个声音在他身边响起，“朋友，什么会使你痛苦呢？是你失去光明的双眼，还是你的心？”

萨乌里回答道：“我的心还在！可是，眼睛却失去了光明！”

那个声音又响起来，他让萨乌里说出两个字：“光明！”当萨乌里说出“光明”两个字的时候，他睁开了双眼并看到自己身边坐着一个男人。

两个人开始一起收拾营地。等打扫完营地后，又开始准备食物。

最后，他们把所有的一切都收拾得井井有条了，那个朋友走过来问他：“朋友，是你的眼睛失明，还是你的心看不到光明？”

萨乌里回答说：“我的眼睛失去了光明。”

接着，这个男人让他说：“黑暗！”萨乌里刚说出“黑暗”两个字，他的眼前又重新陷入漆黑。

他的两个儿子回到营地时，非常惊讶，他们问父亲：“是谁打扫的营地？”萨乌里把自己刚刚经历的事情讲给他们听——当然包括他的眼睛还曾短暂地恢复光明一事。

两个孩子对他说：“如果那个朋友再来这里，你千万不要说‘黑暗’两个字，而要大声地喊‘光明’。接下来，我们看看会发生什么事！”

夜幕降临，他们父子三人躺下休息了。

第二天上午，两个儿子去打猎，父亲独自留在营地里。不久，他又听到了沙沙声。

萨乌里说：“朋友，欢迎你的到来！”

对方回答他：“谢谢你，朋友！”

接着，对方又问萨乌里：“朋友，什么让你饱受痛苦？是你的双眼，还是你的内心？”

萨乌里说：“我的双眼失明了！”

随后，朋友要求他说“光明”。

萨乌里说出这两个字后，双眼再一次获得了光明，他们又开始忙碌地工作了。

萨乌里并没有忘记儿子的建议。他拿出一些食物赠送给这个朋友。

一切都好。直到朋友准备离开的时候，他问萨乌里："萨乌里，是你的眼睛失去了光明，还是你的心呢？"

萨乌里回答说："眼睛失明了！可我的心一直都在！"

那朋友又说："请你说'黑暗'！"萨乌里牢记儿子们的建议，只说"光明"二字。

那朋友拿出自己带来的药，给萨乌里治疗双眼。不久后，萨乌里的双眼完全康复了。

两个人分别时，他给这位朋友装了很多肉。儿子们回来看到父亲的双眼复明了，都非常高兴。

三个人一起离开荒漠，回到村子里，乡亲们给了他们非常热烈的掌声。

野兔和鼹鼠

野兔一直过着翻越围栏到庄稼地偷农作物的日子，因此，它总是被人类和狗追赶。很难有哪一天听不到人们大声喊叫："抓住它，抓住那只逃跑的野兔！"

鼹鼠并不明白其中的道理，有一天，它问道："嘿，野兔，你究竟干了什么坏事？我总是听到他们大叫你的名字！难道你有什么问题吗？"

野兔很聪明，为了不让大家看出自己是农田里的小偷，它回答："你难道不知道发生了什么事情吗？那些喊叫声是那被关在笼子里的鬣狗发出的，它就住在我邻居海伦娜的院子里。"

"真的吗？"鼹鼠惊讶地问。

"真的！如果你想确认我讲的话是真还是假，你可以到我家里来，然后便可以亲眼看到这一切。"

鼹鼠心里充满了好奇，第二天便来到野兔家。

野兔对它说："你坐在这个白蚁窝后面等我，我去找海伦娜，求她让你看看关在笼子里的鬣狗。"

鼹鼠听从了朋友的话，一直坐在那里等着。

野兔如往常一般跑到田地里，它从一块地里偷走一个凤梨。虽然那天猎人们离它非常近——它甚至看见了猎人腰间挂着的几只野兔和鹧鸪，但它还是翻过围栏偷走了凤梨。

狗开始在野兔身后拼命狂吠追赶，男人们扔出去的木棍和石头落在它的四周。但野兔是一名奔跑健将，没有几分钟便跑回自己的洞穴。不过，它心里依旧非常害怕！

鼹鼠看到它惊慌失措的样子，问道：“究竟发生了什么事？你为什么那么慌张啊？”

“我为什么慌张？都是因为我赶着跑来通知你——海伦娜的鬣狗已经吃掉半头河马了，可它还说自己很饿。你最好赶紧逃命吧！”

为什么蝙蝠在黑夜飞行

很久以前，在非洲的森林、平原和大山里，动物和鸟类发生过一场战争。那时，每个白天，拥有一对翅膀和一个同老鼠相似的身体的蝙蝠，就在巨大的绿树之间飞行，寻找昆虫和水果。

一天下午，和往常一样，它头朝下把自己挂在一根树枝上休息。突然，它被一只小鸟的叫声吵醒："所有的鸟类请注意，我们已经向所有的四足动物宣战了。所有拥有翅膀的鸟类都应该团结起来对抗在路上行走的动物。"

没过多久，一只鬣狗从此经过，蝙蝠又被吓了一跳。鬣狗边跑边大声喊叫，声音响彻云霄："注意，注意！我们已经向鸟类宣战了！所有长有四足的动物必须到陆地动物军队报到。"

"我该怎么办？我既不是鸟类也不是四足动物。"蝙蝠在心中问自己。它有些犹豫，不知道自己该去帮谁。后来，它决定静静地等待战争的结果："我不是傻瓜，我会站在胜利者的身边。"

两天后，它躲在树叶中看到一些四足动物正在慌忙逃窜，而它们身后有一群鸟正在紧追不舍地左右啄击四足动物的身体。看来拥有翅膀的鸟类赢得了这场胜利，所以，蝙蝠飞到拥有翅膀的鸟类身边。

一只巨大的老鹰对这只“长着翅膀的老鼠”说：“你在这里做什么？”

“你没看出我是你们当中的一员吗？你看啊！我来这里就是想加入你们的队伍。”蝙蝠说着展开了翅膀。

“哦！请你原谅我。欢迎你加入我们胜利军团。”老鹰半信半疑地说。

第二天上午，陆地上的四足动物组织了强大的大象军团，并重新发动攻击，最后，鸟类失败了。战场上到处散落着鸟儿的羽毛。与此同时，蝙蝠收起自己的翅膀，又赶去加入那个胜利的队伍。

“你是谁？”狮子怒吼着问。

“我和陛下您一样，是一只四足动物。”蝙蝠虚伪地回答，并故意露出它锋利的小牙齿。

“你身上的翅膀是怎么回事？”一头大象发现了端倪，“你一定是名奸细，快从这里滚出去！”这头厚皮动物扬起自己的鼻子，摆出一副威胁的姿态。

就这样，蝙蝠不再被任何一方接纳了。从此以后，它别无选择，只能过着与世隔绝的生活：白天躲在洞穴里或黑暗的地方，夜晚出来觅食。直到今天，它依旧只在黑夜里飞行。

为什么变色龙会变色

曾经，野兔和变色龙是一对形影不离的好朋友。

那时候，在非洲大陆的中部经常有长长的大篷车队穿梭。搬运工们的头上顶着包裹和篮子，篮子里装满了蜡烛和饼干。这些东西是他们在靠近海边的村子里用布匹和白人商人以物易物交换来的。

野兔和变色龙从很远的地方听到了那些准备到海边去的人的歌声和喧闹声，于是它们快速地跟在人们身后。

它们两个也同样很喜欢做生意，它们拿着自己的小包裹高兴地跟着大家一起走。搬运工们身上都带着铃铛和摇铃，摇铃能发出很大的声音，人们想用这种声音吓跑沿途的猛兽。

野兔跑得很快，而且它一直在跑。就这样，它先抵达白人的商店，换到一块多彩的蜡染布。

它对变色龙说："我要走啦。"接着它便跑得不见了踪影。

而这边，变色龙还在慢腾腾地回答："我不着急。"

由于野兔愚蠢地选错了道路，很久后它才回到广阔的大森林里。

直到今天，野兔还穿着一身又脏又旧的灰衣服。

慢性子和负责任的态度让变色龙积攒了很多不同颜色的布料，所以现在它每隔一个小时就能让身体变一种颜色。

奥鲁姆蛇

从前，有一个叫奥巴米的年轻人，他和父母一起幸福地生活在村子里。

有一天，平静的生活被打破了——他同意了父母的建议，决定找一个女人结婚。

奥巴米有两个关系很好的朋友，那个年龄较小的姑娘叫奥鲁，另一个姑娘叫埃梅斯。他认识她们很长时间了，可以说他和她们两个都是青梅竹马的关系。

奥巴米只想和她们当中的一个结婚，但是，却不知道自己该选哪个女孩子。她们两个人的性格截然不同，唯一的相同之处是都很漂亮。

另一边，两个姑娘都很爱奥巴米，因为他很勤劳，还是一名出色的猎手；他为人大公无私，得到了村子和附近地方人们的尊敬和爱戴。

他不知该娶哪一位姑娘。两个女孩子看见他坐在自家的茅屋前思考了很长时间。后来，他站起身走进茅屋，告诉父母，他想考验一下两个女孩子。可是，等他说完，他又迟疑起来。

两位年轻的姑娘站在他身边，她们比较着各自的品德与美貌，谁也不愿意主动认输，把“奥巴米妻子”的位置拱手让给对方。最后，奥巴米说，他想知道两个姑娘到底谁爱自己更深一些。两个姑娘都说自己更爱奥巴米，奥巴米没有得到自己想要的答案。

一天傍晚，当两个姑娘坐在小伙子奥巴米脚旁的时候，一条透明的蛇从奥鲁姆森林里爬了出来——森林位于阿贝库塔地区的一座小山上。这条蛇有三个头，身体非常长，微微冒着烟，在草丛里爬动。

当奥巴米走到篝火旁时，他恰巧站在了蛇尾巴上。他开始跳舞，对面的火焰把他的眼睛映成红色。那场面好像带着魔力，他整个人也像被人施了魔法。

后来，奥巴米坐到蛇的腰间了——他没有发现任何异常，当两个女孩子大声告诉他时，已经晚了。透明的蛇一口咬在奥巴米的大腿上，然后消失在夜幕中。

奥巴米走进茅屋，随后倒在地上。两个女孩子高声呼喊起来。她们找来村子里的巫医，请他救治奥巴米。但奥巴米中毒太深，巫医也无能为力。

一些老人命人烧了一些干草，并把干草灰涂抹在奥巴米的伤口上，可没有任何疗效。几个小时后，小伙子的生命走到了尽头。他并没有像大家预想的那样睁开双眼，直到死他也不知道哪个女孩子才是自己结婚的首选。

两个女孩子看见自己的心上人死去了，便大声哭泣。年轻的奥鲁站起身，对大家说："没有奥巴米，我的生活便没有任何意义——当大火熄灭的时候，烟气也会跟着大火一起消失。没有他在，我也不能独自生活。所以，我决定跟他一起离开这个世界。"

大家还来不及劝阻她，她就跑出茅屋，穿过灌木丛。她找到那条会施展巫术的蛇，请求它咬死自己。她转过身子，随后，蛇对她咬了下去。奥鲁倒在一片青草地上，慢慢地死去了。她认为这才是爱情。

埃梅斯不知道自己该做什么，她思考后做出一个决定。她走进自己父亲的房子，取下挂在墙上的一把大刀，然后沿着蛇留下的痕迹去了。之后，她抓住蛇，立即举起砍刀要砍掉蛇头。

这时，蛇竖起身子说："埃梅斯，你不要杀我！如果你放我一条生路，我会帮你救活奥巴米。"

埃梅斯同意了。蛇给了她一个小包，里面装着黑色的粉末。

"你拿着这个小包站在奥巴米的尸体上，闭上双眼，把黑色的粉末撒向很远的地方，一定要朝着太阳升起的方向……"埃梅斯按照蛇说的做了，很快，奥巴米和奥鲁两个人都复活了。

奥巴米没有犹豫，毅然决然地选择埃梅斯做他的妻子。

亲爱的读者朋友，如果你是奥巴米，你会选择哪个姑娘做自己的妻子？是为爱殉情的姑娘，还是拯救他使他得以重生的姑娘？

胆小的王子

很久以前，有一个王国，这王国里有一位诚实勇敢的国王。

国王年纪大了，他感觉自己的身体每况愈下，所以想把王位传给自己的儿子辛塔耶胡。王子聪明、乐观、和蔼，但有一个缺点：胆子非常小——只要听到陌生的声音就会惊恐无措。

有一天，国王命令王子去森林里猎杀一只野兽。在森林里，独自打猎的王子为了不让自己害怕，便躺在树上睡觉。很快，他睡着了，但突然有一声巨响把他吵醒了。他害怕地从树上掉了下来，正好落在一只正在奔跑的毛茸茸的野兽背上。

王子牢牢地坐在它的背上，大叫道："啊哦哦哦哦！"这只野兽背着王子穿过大森林，一直冲到另一个王国的城市广场上。

王子像玩耍一样骑在这只野兽的背上，对惊讶万分的人群大声喊道："你们不用那么惊奇，我只是骑了一只鬣狗。那是因为我的狮子腿瘸了。其实，我更喜欢骑着狮子满街跑，它们会驮着我回到国王身边。"

这个王国的耶图公主看到这一幕，一下子就爱上了这个自己完全不熟悉的小伙子。但她也明白，小伙子对人们说出那样的话是因为心里害怕，因为她知道，王子刚刚在鬣狗身上喊出的“啊哦哦哦哦”是敌对双方交战时使用的口号。

王子看到耶图公主时也被她的美貌所吸引。

过了一段时间，辛塔耶胡王子准备和耶图公主结婚了；但是，在结婚之前他们收到国王消息，让他们推迟婚礼。

因为一头狮子袭击了村庄，吃掉了几个村民，国王命令辛塔耶胡王子前去解决问题。

公主知道王子非常紧张害怕，就带来大麦酒和蜂蜜酒给他饮用。据说，人在饮用美酒后便会忘记害怕和悲伤。饮过酒后的王子忘记了恐惧，他勇敢地来到受狮子袭击的村子里。

在等待狮子再次出现的时间里，王子就待在树上。

不久后，王子在树上睡着了，一不小心就从树上摔了下来。王子的马受到惊吓，撞在一棵树上，所有的大麦酒和蜂蜜酒都洒到了地上。

狮子闻见浓郁的酒香，嗅着味道找到那棵树，一口气舔光了所有洒在地上的大麦酒和蜂蜜酒，然后呼呼大睡起来。这时，掉下树的王子头脑昏昏的，错把狮子当成自己的马。他骑在狮子的背上，拍打着它的屁股。

随后，受惊的狮子开始朝着王宫方向疯狂地跑去。辛塔耶胡王子再次高唱起自己的咏叹调：“啊哦哦哦哦！”

狮子驮着王子直抵城市广场，聚集在广场上的老百姓都难以置信地看着眼前的一幕。最后，被酒精控制住的狮子疲惫地瘫倒在地。

接着，王子说：“我本来想杀死狮子，但是，我的马逃跑了。别无他法，我只能骑着狮子回来！”

国王看到自己的儿子如此勇敢，心中非常高兴。

不久，王子和公主举行了盛大的婚礼。从此，他们幸福地生活在一起。除了他俩之外，还有一只鬣狗和一头狮子——它们两个生活在王宫的花园里，离王子远远的。

鼓的故事

在几内亚比热戈斯群岛[①]有一个传说：第一个登上月亮的动物是一只长着白鼻子的猴子。

传说，有一天，长着白鼻子的猴子们聚集在一起商议要到月亮上去。

可怎样才能登上月亮呢？最小的一只猴子想出一个主意：它们可以一个站在另一个的肩膀上，用这种接竹竿的方式一定能登上月亮。

但是，这样做的时候，最下面的猴子很快就支撑不住了，它大喊一声，猴子们全部掉了下来。意志顽强的猴子百折不挠，一次又一次地向上攀爬，却又一次又一次地摔倒在地。有几次，它们已经触摸到月亮了，但最终又失败了。

最后一次，那只最小的猴子用力抓住了月亮的身体，月亮终于看到了它并朝它伸出双手，帮它登上自己的身体。

---

① 比热戈斯群岛：大西洋的群岛，由 18 个主要岛屿和多个小岛组成。群岛被森林覆盖，野生动物有海龟和猴子等。

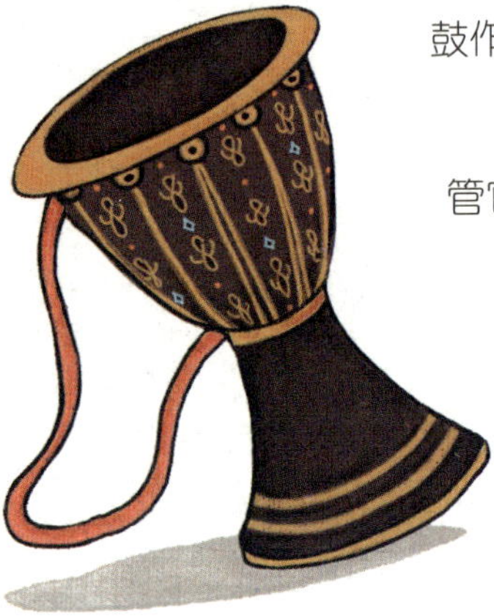

月亮非常喜欢小猴子，赠给它一面小鼓作为礼物。

小猴子开始在月亮上学习打鼓，不管它走到哪里都在不停地打鼓。

一天天过去了，它开始想念自己的家乡，随后，它请求月亮帮它回到地球上。

“你为什么想回去呢？”

“我想念大地，那里有很多树木，有棕榈树、杧果树、金合欢树、椰子树和香蕉树。”

月亮让小猴子坐在鼓面上，然后用一根绳子绑住鼓，慢慢地往地球放去。接着，月亮对小猴子说：“现在我把你放下去，可你必须记住我下面说的每一句话——在你到达地面之前，不要敲鼓；当你站在地面上的时候，你要用力地敲鼓，我听到鼓声后便会把绳子割断。”

小猴子感到非常幸福，它坐在鼓上慢慢地往下降。但是，在鼓刚刚下降到一半的距离时，它以为月亮听不到自己轻轻地敲鼓的声音，于是它高兴地敲了一下小鼓；然而，风把鼓声带到了月亮的身边。

月亮听到鼓声后，以为小猴子已经抵达地面，便割断了绳子。小猴子立刻迅速朝着自己出生的小岛掉下去。只听砰的一声巨响，猴子和鼓落在地面上了。

小猴子在死之前，对一位试图挽救自己、仅有一面之缘的小姑娘说："请把这面鼓交给你们国家的男人。"

女孩被这突如其来的事情吓到了，她奔跑着把自己看到的事情告诉给所有遇到的男人。

人们手持火炬相互传递这个消息，于是，生活在非洲大陆上的人们第一次听到了美妙的鼓声。随后，男人们仿制了很多鼓。所有的非洲人都非常喜欢这种乐器。

人们可以用鼓把信息传到很远的地方，也可以用它来庆祝节日。

从此，鼓成为非洲人民的挚爱，在欢乐或悲伤的日子里都有它的身影，因为它可以呐喊出每个演奏者伟大的灵魂！

会巫术的月亮和它不会洗衣服的女儿

月亮有一个女儿，它已经到了婚嫁的年纪。有一天，一个混血印度商人出现在它的家里，请求月亮允许他和它的女儿结婚。

月亮说："怎么可能！你是一个混血印度商人，和我女儿饮食习惯不同；除此以外，我的女儿还不会洗衣服。"

印度商人回答说："尽管我是一个混血的印度商人，可是，我觉得并没有什么能阻碍这件事。你的女儿可以继续保持自己的饮食习惯；它不会做家务也不要紧，我的姐姐妹妹们可以帮它做。"

月亮回答说："如果一切像你说的那样，你可以娶我的女儿。它是一个非常好的姑娘。"

混血的印度商人带走了月亮的女儿。他们到达商人家的时候，出来迎接的是商人的母亲。当她知道月亮的女儿吃他们不吃的一些东西时，认为有必要让她改掉那些坏习惯。此外，月亮的女儿还补充说它不会洗衣服。听到这里，混血印度商人的姐姐妹妹们冷冷地看着它。

两天后，混血商人离开家，到森林里去打猎。他不在家的日子里，他的几个姐姐和妹妹命令月亮的女儿和她们一起做家务活，还要它到河边去洗衣服。姑娘伤心地哭起来。

几个大姑子和小姑子一直在责备它："你一直在这里流泪，这样不行！你应该学习做家务，这些都是我们应该做的工作。"

接着，她们不再说话，一把拉住它把它带到河边。

她们把洗衣槌递给它，并命令它学习洗衣服。

姑娘开始用洗衣槌捶打衣服。它心里很痛苦，豆粒大的泪珠不停地从它脸上滑落。它一边洗衣服一边抱怨说："他曾经和我母亲说得很清楚，不用我自己洗衣服……"

当它说这些话的时候，它手中的洗衣槌一直在上下翻飞，慢慢地，它开始在河边的石头之间忽隐忽现。几个大姑子和小姑子看到这一幕，非常吃惊。眨眼间，姑娘就在她们面前彻底消失了。

看到这奇怪的现象，混血商人的姐姐妹妹们扔掉手中的洗衣槌，立即跑回家中，把这件稀奇古怪的事告诉了她们的母亲。老太太听了女儿们的讲述，心里非常害怕。当儿子回来的时候，她急忙把这件事告诉他。

混血商人得知自己妻子消失的消息后，大声地责骂自己的姐姐妹妹们，怪罪她们为什么不履行自己的诺言。随后，他急忙赶到月亮家里把事情的前因后果告诉岳母。

月亮非常生气地说："我女儿消失了，都是因为你没有履行自己曾经许下的承诺。不过，我的女儿还会再出现的！"

“但是，我怎么才能找到它呢？”

月亮压制着自己的怒火，语气和缓地对他说：“好吧！我找一些动物去想办法，我自己也想想让我女儿回来的法子……你现在就去我女儿消失的地方，并在那里等着我。”

混血商人离开后，月亮叫来一名仆人，命令道：“你去告诉野猪、羚羊、瞪羚、野牛、乌龟，让它们在我女儿消失的地方集合。”

仆人跑去执行主人的命令。动物们很快应邀出现在指定的地点，月亮也提着一篮草籽来到那里。当它抵达河边的时候，它把所有的草籽倒在一块石头上，并命令野猪去吃草籽。

野猪边吃草籽边唱道：“我是野猪，为了你我正在吃草籽。姑娘，听到我的声音请回答！”

这时，野猪听到姑娘挖石头的声音，还听到它在地底下回答说：“我不认识你！”

野猪有些不耐烦，垂头丧气地扔掉了手中的石头。接下来，羚羊同样一边吃草籽一边唱：“我是羚羊，为了你我正在吃草籽。姑娘，听见我的声音请回答！”

地下再次传来姑娘的声音，它说：“我不认识你！”

瞪羚和野牛也同样跪在河边，用同样的方式和姑娘说了同样的话，但是，姑娘也给它们两个同样的回答：“我不认识你！”

最后一个趴在石头上的动物是乌龟，它吃草籽的时候也在唱：“我是乌龟，为了你我在吃草籽。姑娘，听见我的声音请回答！”

姑娘唱起了歌，它的声音非常悦耳动听：“是啊，乌龟，你的

声音我曾经听到过……”

姑娘慢慢地出现在河边的石头之间，手里还拿着一根洗衣槌。当它完全现身后，它非常安静地站在那里。

动物们非常好奇地聚集在姑娘的身边。

接着，月亮说：“现在，我的女儿已经不能继续做混血商人的妻子了，因为他没有履行自己许下的诺言。从现在开始，我的女儿将有自己新的未来，它将成为乌龟的妻子。因为，是它的声音让我的女儿重新出现。”

乌龟大声说道：“能和姑娘结婚我心里非常高兴。我会给它准备一件非常奢华的衣服，这件衣服会伴随它一生。”

乌龟说的奢华衣服其实是一个乌龟壳——它把一个制作精美的乌龟壳递给姑娘，这个龟壳和乌龟自己的一模一样。

乌龟和月亮的女儿联姻的事情迅速在乌龟家族中成为人尽皆知的事情……

珍 珠 鸡

很久以前，所有的鸟儿都幸福地生活在非洲的森林和平原上，直到一个叫嫉妒的东西在它们中间产生，让它们变得难以继续生活在一起。

那时，所有的鸟儿都非常羡慕乌鸫一家，因为它们长得很漂亮。雄性乌鸫拥有一身黑色的羽毛和一个橙黄色的喙；雌性乌鸫有黑色的背，胸口有棕色、褐色的斑点，在喉咙处还有一些白色的斑点。

所有鸟儿的愿望是能够像它们一样漂亮，因此，它们成为大部分鸟儿嫉妒的对象。

性格自大的乌鸫承诺让所有的鸟儿都拥有像乌鸫那样漂亮的外貌，但是，它们必须听从自己的命令。很快，它把所有鸟儿的羽毛变得亮丽无比。

但是，随后，一些鸟儿们开始不听从乌鸫的命令了。它非常愤怒，发誓一定要复仇。它用一场瘟疫把那些鸟儿的羽毛变了回去。

珍珠鸡也在躲避乌鸫的复仇。它虽然看起来身体庞大，但其实非常瘦。它发现了自己这一弱点，为了伪装自己，它决定把自己的羽毛涂成和豹子的皮毛一样的颜色。但是，豹子们不能容忍另一种动物拥有这种毛色。

这只珍珠鸡的所作所为引起豹子的愤怒。接着，不幸的事情发生了，它被豹子杀死了。

从那天起，其他聪明的珍珠鸡一直在逃避仇人的追杀，同时总在抱怨自己身体瘦弱、浑身无力。它们细小的双腿在逃跑时很难支撑自己的身体。它们的羽毛也变成灰色、白色或者蓝色，有时上面还带着深色的斑点。

两姐妹

很久以前，有一对姐妹，姐姐叫奥美卢玛，妹妹叫奥美卢卡。

两个人非常喜欢在外面嬉戏打闹。有一天，她们的父母要出远门参加节日派对，便对她们说："你们要小心陆地上和大海里的动物，已经有很多人被那些恶魔带走了。你们一定要留在家里，不能发出吵闹声。你们做饭的时候必须点小火，这样烟雾便不会把动物们吸引到这里来。你们舂米的时候，一定不要让恶魔们听到。但最重要的是，不要出门和其他孩子一起玩耍，一定要留在家里。"

姐妹二人答应了。当父母离开的时候，她们挥手和父母告别。

整个上午，两人都留在家里。但是，随着时间一分一秒地过去，她们饿了。接着，她们开始舂米、煮粥。可是她们一边煮粥一边放声大笑，一项烹饪工作被她俩变成了一场打闹；为了让粥尽快煮熟，她们还生起一堆大火——两人早已忘记了父母临行前的叮嘱。

吃完午饭后，她们离开家和朋友们去田野里玩耍，一起嬉笑打闹。

当她们正玩得起劲时，从森林里传来一声巨吼，接着，从大海里传来另一声巨吼。然后，很多恶魔出现在她们面前，它们开始抓捕年幼的孩子们。孩子们都吓坏了，两姐妹开始快速地奔跑。

但是，已经迟了。一个恶魔把奥美卢玛带到海里，另一个恶魔则把奥美卢卡带到地下。

两个女孩子都懊悔地想："如果我们听了父母的话，现在就不会被恶魔吃掉了。"

但恶魔们并没有吃掉她们，而是把她们当成奴隶贩卖到距离她们家乡很远的地方。奥美卢玛被一个好心的男人买了回去，之后和他结了婚。年轻的妹妹奥美卢卡被一个相貌凶狠的男人买走，当了奴隶。从此，她为了完成主人交给她的任务没日没夜地工作着。

一段时间之后，那个相貌凶狠的男人又把她卖给另一个男人。可情况依旧非常糟糕，这个男人比相貌凶狠的男人更加残忍，总是虐待她。这样的日子过了很多年。

奥美卢玛和自己的丈夫相敬如宾地生活在一起，不久，她生下一个可爱的儿子。一天，她的丈夫来到市场，准备买一个奴隶以帮助妻子照看孩子。这时，妹妹奥美卢卡正在市场上等待着被再次贩卖。就这样，奥美卢卡成了自己姐姐的奴隶。

由于她多年受到无情的摧残，相貌变化太大，姐姐奥美卢玛根本没认出她。

每天上午，奥美卢玛去市场采购的时候，都要把孩子交给妹妹照看，同时，妹妹还要干很多家务活儿。奥美卢卡开始辛勤地工作，但是，作为奴隶，工作实在太多。她外出捡柴火时，听到孩子的哭声就急忙回到家里；所以，她并没有捡到足够的柴火。姐姐到家的时候，见她没干完自己布置的活儿，便对她一顿责打。但如果她不精心照顾哭闹的孩子，邻居们也会把这告诉姐姐，妹妹依旧要挨一顿责打。她也想在捡柴火时带着孩子，但是，她不知道怎么抱着襁褓里的孩子捡柴。

一天上午，孩子又开始大声哭闹，她把孩子抱在怀里轻轻地摇晃着。一个邻居走到她身边问她为什么不去做家务，她害怕邻居给姐姐告状，急忙回去做家务；但是，孩子又开始哭起来。没有办法，她只能又回到孩子身边，坐在那里再次轻轻地摇着孩子。

她不知道自己该做什么，最后，她哼唱起一首歌：

啦啦啦，小宝贝不要哭。
妈妈告诉我们不要生起大火，
但是，我们却点燃大火。
妈妈告诉我们不要大声喊叫，
但是，我们却大声喊叫。
妈妈告诉我们不要出去玩耍，

但是，我们在外面玩耍。

森林和大海的恶魔把我们带走了。
把我们带到很远、很远的地方！
我的姐姐在哪里呢？
她被带到很远、很远的地方！
啦啦啦，小宝贝不要哭。

一位老太太听到这首歌谣，记起自己曾经听奥美卢玛唱过。她猜这个女奴隶也许是奥美卢玛的妹妹。

于是，老太太跑到市场和奥美卢玛讲述了这件事情。

第二天，奥美卢玛依旧交代给妹妹几项工作，之后便来到市场上。可不一会儿，她又折返回来。她看到自己的妹妹正忙碌地工作着，在她做家务的时候，还要哄孩子。最后，妹妹坐在孩子身边，摇晃着小宝宝唱起那首老太太听到的歌谣。奥美卢玛听到歌谣，认出了自己的妹妹。她流出痛苦和懊悔的眼泪，走到妹妹身边请求她的原谅。

两姐妹拥抱在一起伤心地哭泣着。接着，奥美卢玛给自己的妹妹以自由，并且发誓以后再也不会虐待任何一个奴隶。她丈夫回到家，得知这个消息后也非常高兴。

从此，姐妹俩非常幸福地生活在一起。

乌龟与豹子

乌龟像往常一样心不在焉地走在回家的路上。此时，黑夜已经开始用自己黑色的毛毯把整个森林遮盖起来，天色只差一点点就全部暗下来了。

突然，乌龟掉进一个陷阱里了！

这是一个上面覆盖着棕榈树叶的深坑。这个陷阱设在森林里的小道上，是当地村民设下的。

乌龟要感谢自己拥有坚硬的龟壳——掉进陷阱的时候它并没有受伤。可是，它怎么离开这里呢？它必须在天亮之前找到一个逃离陷阱的方法，不然，它就会变成村民碗里的食物……

正在它陷入沉思的时候，一只豹子也掉进这个陷阱里了。乌龟吓得跳了起来，它不自然地假装它是在自己的家里，然后大叫着对豹子说："你在这里干什么？你怎么能以这种方式进我的家呢？难道你不会敲门征求主人的意见吗？！"

它不停地大喊大叫："你不知道自己在哪里吗？难道你不知道我不喜欢晚上有人到我家里吗？你赶快离开这里！你瞧瞧自己那

没有教养的样子！”

乌龟太无礼了，豹子非常愤怒。它抓起乌龟，用尽全身的力气把它扔了出去——扔出了陷阱！

乌龟幸福极了，它安静地往自己家走去！

陷阱里只剩下一头愤怒的豹子。

豹子和狐狸

狐狸经常欺骗豹子，这让豹子愤怒不已。它想把狐狸做成一锅肉汤，但苦于总抓不到狐狸。

一天，豹子想到一个主意：躺在洞穴里装死。

森林里的动物得知这个消息时都非常高兴，所有的动物都认为豹子是该死的家伙——它活着只会让其他动物感到恐惧！激动的动物们跑到豹子的洞穴旁，想看看它是真死还是假死。

狐狸非常聪明，它一直站在距离豹子洞穴很远的地方仔细地观察着。

后来，它站在大家身后，大声说："我奶奶去世的时候曾经打了三个喷嚏。假如豹子真的死了，它也会打三个喷嚏。"

豹子听到狐狸的话，为了证明自己真的已经死了，便立刻打了三个喷嚏。

"豹子是个大骗子，它还活着！"狐狸大叫起来。

愤怒的豹子站起来，受到惊吓的动物们四散而逃。狐狸在自己对手面前笑着逃走了。

此后，豹子并没有放弃抓捕狐狸的想法，它开始制订新的抓捕计划。

不久，旱季到了，动物们都需要到豹子洞穴附近的一个湖里喝水。所以，豹子决定在那里等着狐狸。

它安静地躺在那里，等待狐狸的出现……

豹子日夜不停地监视着湖面。

这一天，狐狸感觉自己非常口渴，决定去湖边喝水。它同样也制订了一个计划。它在自己身上遍涂蜂蜜，然后将干树叶粘在身上。

它来到湖边，碰见了豹子。豹子仔细地观察着它，问道："你是什么动物？我怎么不认识你？"

狡猾的狐狸回答说："我是叶子兽！"

"好吧，你可以去喝水了。"

豹子看着急急喝水的狐狸，怀疑地问道："你非常口渴吗？"

这时，湖水稀释了蜂蜜，树叶纷纷从狐狸的身上掉落下来。当最后一片树叶掉落在地上时，豹子才恍然大悟——原来这是一个骗局！它一下子跳了起来，但聪明的狐狸已经哈哈大笑着逃跑了。

鬼鬼祟祟的猎人[①]

佩德罗在父母家里吃午饭，他们边吃边谈。

最近，附近发生了一些非常可疑的事情。

他的父亲说："树林里有一个鬼鬼祟祟的猎人，作为保安，若阿金却总是说自己没有任何责任。但每天晚上都会有兔子和家禽失踪，它们肯定是被人偷走了。"

佩德罗打断父亲的话说："爸爸，若阿金没有看见鬼鬼祟祟的猎人吗？"

"他对我说他只看到过一个猎人。那个猎人的个头很高，身体也很强壮，脸上长着浓密的胡子。"父亲回答说。

佩德罗担心那个鬼鬼祟祟的猎人会去干坏事，他觉得有一天若阿金也会做出一些不好的事情。"如果我有一杆像若阿金那样的猎枪，我也可以每天晚上无所畏惧地到处闲逛！总有一天会真相大白的！"小伙子说道。

两天后，佩德罗在太阳下山时找到一个机会。当时，他正

① 鬼鬼祟祟的猎人：在莫桑比克，鬼鬼祟祟的猎人是指打家劫舍的土匪。

坐在自家高高的窗台上悄悄地观察四周。他发现自己的朋友托马斯——若阿金的儿子正站在自己家前面的小山上。

当他仔细观察时，眼前出现了一个身体强壮、个头很高的男人，随后那人消失在父亲的树林里。

夕阳散发出微弱的光芒，陌生男人胳膊下夹着一杆猎枪。佩德罗立即想，这个人可能就是鬼鬼祟祟的猎人。“都这么晚了，谁还会到父亲的树林里呢？他个头很高，手里拿着猎枪。如果他是鬼鬼祟祟的猎人，现在我该怎么办呢？”

佩德罗走下楼，来到车夫海梅的家里。

“海梅，海梅！”他气喘吁吁地喊道，“树林里有个鬼鬼祟祟的猎人！你能不能抓住他？”

“小佩德罗，你安静一下！你在和我开玩笑吗？”海梅笑着回答。

“海梅，我发誓自己说的一切都是真的！请你跟我一起去看看，不然，他会偷走我父亲所有的兔子和家禽！”小伙子抓住海梅的胳膊说。

“你不要在这里乱说！我还有很多事情要做，如果你愿意，可以自己去抓那个鬼鬼祟祟的猎人！”海梅拒绝道。

佩德罗明白，继续哀求海梅是徒劳的，所以，他急忙跑了出去。

他想：“已经没有时间再去求人帮助了，我可以去树林抓住他！”他朝着树林的方向跑去。之前，他想象过自己也许会撞见那个陌生人，现在真的撞见了。

“小伙子，你是谁？”那个陌生人问道。

“你没有必要知道！”佩德罗粗鲁地回答——他非常勇敢。

接着，他对陌生人说：“你是鬼鬼祟祟的猎人！我们的保安若阿金已经看到你在这里出现过——高高的个头，脸上留着胡子，身上背着一杆猎枪！今天，你又到我父亲的树林里打猎！请你跟我走！”

陌生人笑了。

“你想把我带去哪里？”陌生人问道。

“我要把你带到父亲家里！以后，你不要继续偷盗了，我的父亲非常生气！”

“如果我试图逃跑，你该怎么办呢？”陌生问道。

“我会一直追你，我相信自己跑步的速度一定比你快！除此以外，我还可以大声呼喊保安若阿金；所以，你最好和我一起走，不然，若阿金一定会对你一顿拳打脚踢！如果那样的话，用不了多久你就会成为一名囚徒。”佩德罗回答说。

“好吧！我跟你一起走。”陌生人说道。

佩德罗抓着陌生人外套的袖子走出了树林，他要把他带到父亲的家里。陌生人温顺地跟在他身后，并没有任何想要逃走的意思。

佩德罗认为自己非常勇敢——他独自一人抓住了鬼鬼祟祟的猎人。

他心里非常高兴，不久后所有的同学都会知道他勇敢的事迹——面对一个鬼鬼祟祟的猎人，他心里没有任何畏惧。

佩德罗已经把自己看成一个真正的小英雄了。

当他们到家的时候，他把鬼鬼祟祟的猎人关在花园的棚子里，然后大叫着：“爸爸，爸爸！你快看，鬼鬼祟祟的猎人！我抓住他了，还把他关进棚子里了！他有一杆猎枪还有一个袋子，袋子里肯定装满了兔子。”

爸爸妈妈急忙从屋里走了出来，脸上满是惊讶的表情。

“你们小心一点儿，不要太惊讶！”他对父亲说。

父亲打开棚子的门，往里面一看：“哎呀！”他大叫了一声，走进了棚子。

“吉列尔米！亲爱的吉列尔米先生！你这是从哪里来？我们一直期盼你能早点儿回来！”父亲大声说。

高个子男人脸上露出笑容，他伸手抓住了佩德罗父亲的胳膊。

佩德罗不明白发生了什么事——为什么父亲和那个陌生人这样亲密？“这是你的叔叔吉列尔米！他之前一直在一个遥远的国家捕捉老虎，现在他暂时回来，要和我们一家人住在一起。你这个孩子，怎么抓住了他？！他根本不是鬼鬼祟祟的猎人。”父亲对佩德罗说。

“我的天啊！”

佩德罗的脸红得像个西红柿，他惭愧地瞅瞅吉列尔米叔叔！

“对不起！事实上，我真的以为你是一个鬼鬼祟祟的猎人。”佩德罗最后说。

他又对父亲说：“您也没有和我说过吉列尔米叔叔到这里来的

事情啊！如果你告诉我了，或许可以避免把叔叔关在棚子里的事发生了！”

佩德罗内心深处有些难过，因为他的朋友和同学们看到或者听说这件事后，一定会嘲笑他。他多么希望有人能证明这件事不是一个笑话。

“你一个人就把我抓住了，你是我见到过的最勇敢的孩子。当你抓住我的时候，我真的感到非常意外！我保证将来一定会把你带走。有你这样勇敢的侄子让我感到非常骄傲。”吉列尔米叔叔说。

做父亲的也为自己的儿子感到骄傲，母亲也这样认为。

因此，佩德罗也就不再为此事感到羞愧了。有时大家也取笑他，说他竟把自己的叔叔关在花园的棚子里，但他认为自己像电影里的英雄。

后来，佩德罗和吉列尔米叔叔成为非常要好的朋友。

没过多久，他们便开始漫长的旅行了，当然并非去抓鬼鬼祟祟的猎人，而是去森林探险。在那里，他们可以尽力展示出自己的勇气，因为非洲的森林里从来不缺少危险。

为什么狗和人类生活在一起

狗被称为人类的好朋友，但在很久以前，它和自己的堂兄狼、豺一样，都生活在丛林里。那时它们三个总是在一起尽情地嬉笑打闹。旱季的时候，它们还一起到河边捕食动物。

但是，每年雨季到来之前，它和堂兄弟们都很难找到充足的食物。植物干枯，河流断流，一些生活在森林里的动物也离开森林，到其他地方生活。

有一天，天气十分炎热，饥肠辘辘的它们伸出舌头，喘着粗气，一起坐在一棵树下商讨对策。

“我们得到人类居住的村子里去弄一些火种。”狼说道。

“要火种干什么？”狗问道。

“用火把干草烧掉，我们就能吃到烤蚂蚱了。”豺嘴里流出口水。

“谁去找火种呢？”狗又问道。

“你！”狼和豺异口同声地对狗说。

狗经历了艰苦的旅程才到达人类居住的村子，而那时狼和豺

却安逸地躲在树下睡大觉。

狗不停地奔跑，终于抵达用荆棘和尖头棍子制成的围栏处——这些围栏是用来保护村民们不受狮子攻击的。

突然，从茅草屋里传出一阵香味。狗走进其中一间茅草屋，看见一个女人正在吃饭，闻到饭香，它已经忘记了自己的任务。

火炉上有一锅热气腾腾的玉米粥。女人名叫达丽，她根本没注意狗的出现，只是慢慢地从锅里盛出一小份玉米粥，放到泥土制成的碗里。

她喂完自己的孩子，又把贴在锅壁上的玉米粥刮出来倒在屋外地上。饥饿的小狗狼吞虎咽地吃完了地上的玉米粥。它很喜欢这个味道。

在它吃饭的时候，孩子走近它，抚摸着它的毛。随后，狗对自己说："我再也不回森林了，狼和豺总是给我下命令。这里不缺食物，而且，人类也很喜欢我。从今天开始，我要和人类生活在一起，帮助他们照看家园。"

就这样，狗和人类居住在一起了。而狼和豺还总是在森林里嗥叫，它们在呼喊自己逃跑的堂弟。

羚羊和蜗牛

一只羚羊遇到一只蜗牛，它非常瞧不起蜗牛，对蜗牛说：“你根本不能快速奔跑，只能在地面上慢慢爬行。”

蜗牛回答：“你星期天到这里来吧，我要和你比试比试！”

蜗牛找来一些纸条，在每张纸条上写上：“当你看到羚羊的时候，请你对它说：‘我是蜗牛。’”然后，它把纸条分发给自己的朋友们，并对它们说：“当你们见到羚羊的时候，就按纸条上的话做。”

星期天，羚羊来到蜗牛居住的村子。在这之前，蜗牛已经要求自己的朋友们躲在羚羊的必经之路上，并在它经过的时候做一件事情。

羚羊对蜗牛说：“我们赛跑吧，你和我一起跑，你一定会被我远远甩在身后！”

蜗牛不答话，一下子钻进树丛里，羚羊也赶忙朝前跑去。

跑着跑着，羚羊大叫着说：“蜗牛，快跟上来啊！”

被蜗牛安排藏在路边的动物立刻回答：“我是蜗牛！”

听到回答，羚羊以为蜗牛在它前面，就赶忙拼命再朝前跑。

就这样，羚羊每次发问，都有动物在前面回答它，因此它不得不再拼命跑。

最后，羚羊筋疲力尽地倒在了地上。而蜗牛依靠自己的聪明才智赢得了胜利，也为自己赢得了尊重。

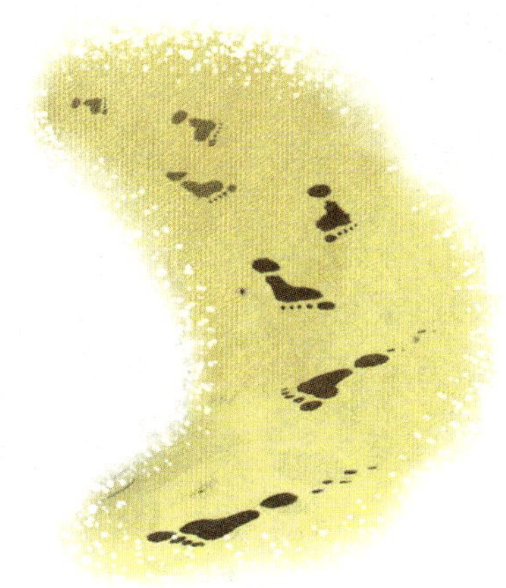

名叫纳马拉索塔的男人

曾经有一个名叫纳马拉索塔的男人，他是一个穿着破布条到处走的穷光蛋。

有一天，他外出打猎，在森林里看到一只死掉的黑斑羚。当他准备烤斑羚肉的时候，一只小鸟飞过来对他说："纳马拉索塔，你不能吃那些肉。你继续往前走，会看到更好的东西。"

男人丢下准备烤的斑羚肉，继续往前走。刚走出不远，他又看到一只死斑羚。他再次试着要烤斑羚肉，小鸟又一次飞到他的身边对他说："纳马拉索塔，不要吃那些肉。你继续往前走，会看到比现在更好的肉。"

男人听从了小鸟的建议，继续往前走——直到他看到路边的一座小房子。他停下脚步，因为有个女人站在房子前喊着他的名字。但是，他身上穿着难看的破布条，所以不敢走过去。

"到这里来呀！"女人一直朝他呼喊。

纳马拉索塔只好走到小房子前面。

“您请进！”女人恭敬地对他说。

由于自卑和贫穷，他不愿意走进去。但是，女人坚持让他进屋，最后，他慢慢走进那座房子。

“你先去洗个澡，然后，把这些新衣服换上。”女人对他说。

于是，他去洗了澡并换上新衣服和新鞋子。接着，女人对他说：“从现在开始，这个家就属于你了，你是我的丈夫，我会和你好好生活。”

就这样，纳马拉索塔结束了自己贫穷的生活。

一天，他要去参加一个节日派对，去之前，妻子对他说：“你在节日宴会上跳舞的时候，千万不能往后退。”

纳马拉索塔牢记妻子的叮嘱，两个人一起走出了家门。在节日宴会中，他喝了很多木薯啤酒，整个人也变得醉醺醺的。他开始随着巴图克鼓的节奏欢快起舞。在音乐到达高潮的时候，他开始不停地在人群中向后转圈儿。

转着转着，他又变成了以前的样子：一个穿着破布条的穷光蛋。

田鼠和猎人

很久以前，有一个猎人，他总是在地上挖陷阱。

有一天，当他前去查看自己设下的陷阱时，遇到一只凶猛的狮子：“早上好，先生！你到我的领地来做什么？”

“我是想看看自己设下的陷阱捕没捕到猎物。”猎人回答说。

“你应该给我缴一些税——这片土地是我的领地。你抓到的第一个猎物可以归你所有；但是，第二个猎物必须给我。这样才算公平啊。”

猎人同意了狮子的提议，并邀请它一起前去查看陷阱里的猎物——其中一个陷阱里有一只羚羊，根据约定，第一个猎物归陷阱的主人。

有一天，猎人去拜访自己的亲戚，当天没有回家。他的妻子是个盲人，她因为需要肉制作食物，便去查看自己丈夫设下的陷阱，看是否有猎物掉进陷阱里。但不幸的事发生了，因为眼盲，一不小心，她和襁褓中的孩子一起掉进了陷阱里。

狮子在树丛中看到了这一幕，它知道是人类掉进了陷阱里，于是它便站在陷阱旁等待猎人的出现，等待他把他们交给自己。

第二天，猎人回到家里，没有看见自己的妻子和儿子。他一路顺着妻子留下的脚印，来到设下陷阱的地方。

当他看到自己的妻子和儿子被困在陷阱里时，站在远处的狮子正对他大声说：“早上好，朋友！今天陷阱里的猎物都是我的！在同一时间，掉进陷阱里两个猎物。我锋利的牙齿已经准备好啦！”

“朋友，我们可以坐下谈谈。被困在陷阱里的是我的妻子和儿子。”

“我不想知道这些。总之，今天的猎物是我的，我是丛林之王，根据我们的约定，你必须履行承诺。”狮子大声抗议道。

突然，一只田鼠出现了。

“早上好，叔叔们！发生什么事情啦？”小家伙问。

“我们早有约定，但这个男人不想按约定兑现诺言。”

“叔叔，如果你们已经约定好，为什么不按照约定履行自己的义务呢？即便猎物是你的妻子和儿子，也应该把他们交给狮子。你把他们留下就可以离开了。”田鼠对猎人说。

猎人苦恼地离开了。

“狮子叔叔，你听着，我已经说服猎人把猎物给你。现在，你应该向我演示一下这个女人是怎么掉进陷阱的。我们来模拟一下吧。”接着，它带着狮子来到另一个陷阱旁边。

当狮子模仿猎人妻子的动作时，很自然，它也掉进了陷阱里。

就这样，田鼠救了猎人的妻子和儿子，并送他们回到家里。女人感谢田鼠让自己和孩子从狮口脱险，便邀请田鼠住在自己家里，并且供给它东西吃。

从那时起，田鼠开始和人类一起居住，而且，它们会无所顾忌地啃咬所有能吃的东西。

我们家的秘密

一天，一个女人在厨房里烧火，一些炉灰落在狗身上。

狗抱怨说：“女士，请你不要烧到我！”

听到狗在说话，女人感觉非常奇怪。太不可思议了。她又觉得非常害怕，于是便拿起搅拌食物的棍子敲打小狗。

但是，棍子也说话了：“狗并没有做错事，所以，我不想打它！”

女人不知如何是好，她想出去把小狗和棍子说话的事告诉自己的邻居。

但是，当她走出家门的时候，一股愤怒的风对她说：“你不要出门。我们家的秘密不能让邻居四处传播。”

女人明白了，所有的事情都是因为她一直虐待小狗引起的。

所以，她请求小狗原谅她，并且给它拿来了午饭。

全凭一张嘴

有一天，嘴巴故意问：“人身上什么器官是最重要的？”

眼睛们回答：“最重要的器官当然是我们——我们观察身边发生的一切，可以看东西。”

“我们最重要，因为，我们耳朵可以听到一切。”两只耳朵说道。

“你们在说谎。我们才是最重要的器官，我们可以拿东西。”两只手说。

这时，心脏也颤抖着说：“是我！我才是最重要的，我要为整个身体服务啊！”

“我负责装所有的食物！”肚子也插话说。

“嘿！最重要的工作是支撑起整个身体，而这个工作是我们两条腿在负责。”两条腿说。

正在它们各抒己见、争执不下的时候，女人带来一些面条。这时，两只眼睛看到了面条，心脏开始变得激动，肚子等得有些厌倦了，两只耳朵也在仔细倾听，两只手拿起面条，双腿也在兴

奋地抖动……但是，嘴巴却拒绝吃饭。

就这样，全身所有的器官慢慢变得虚弱无力……最后，嘴巴又一次问出同一个问题：“你们知道人身上哪个器官最重要吗？”

“是你这张嘴，你是我们的国王。”其他器官异口同声地说。

愚蠢的主意

有一天，鬣狗先生收到两个宴会邀请，这两个宴会在同一时间举办，举办的地点互为反向，且相距非常遥远。举办宴会总是要杀牛的，众所周知，鬣狗又是一种极其贪婪的动物，它不想失去任何机会。

“毫无疑问，两个宴会我都要参加。我可不想辜负两位东道主的好意，更不能失去大吃一顿的好机会，那里的酒肉非常多……可是，两个宴会的举办地都非常遥远，我怎么才能同时参加呢？”鬣狗思考着，突然，它用手打了一下额头。

“我有主意啦！这也太简单了……”它为自己的聪明而高兴。

它急忙走出家门，来到马路上。这条马路可通往两个宴会的举办地。

鬣狗把自己的右腿放在马路右边，又把自己的左腿放在马路左边。

它以为用这种方法便可以同时到达两个不同的宴会举办地。它努力用这种方式行走，可是没过多久，它就感觉两条腿使不上

劲儿了。

突然，它倒在了地上。大家急忙把它抬到医生家里。随后，医生禁止它再用那种方式走路，还让它必须在家吃一个月牛肉，因为这样才能康复。

鬣狗和蜥蜴

鬣狗先生想和一只名叫卡拉的蜥蜴交朋友。

一天，鬣狗准备了一些啤酒，对卡拉说：“我们去喝啤酒吧！”

于是它们喝了酒，卡拉有些醉了。它问鬣狗：“朋友，你喜欢吃肉，如果有一天，我死在路上，你会把我吃掉吗？”

“不会，绝对不会。我想成为你的朋友。”

后来，卡拉喝得酩酊大醉，它与鬣狗告别时说：“朋友，我要回家啦。”

“再见！”

卡拉开始往家走去，但走到半路就躺在地上睡着了。

卡拉走后，鬣狗想：“我的朋友喝了很多酒，它能安全回到家吗？”结果，鬣狗找到了躺在路上的卡拉。它把卡拉搀扶起来说：“朋友，你是睡着了，还是喝醉了？”

鬣狗抱着卡拉来回摇晃，可是，它没有回答，也没有了呼吸。

鬣狗抓住它，把它拖到一片灌木丛里，说：“我的朋友死了。”

随后，鬣狗捡来柴火，生起一堆篝火，把卡拉放在篝火上烤着。

灼热使卡拉清醒过来，它用尾巴打了鬣狗的眼睛，然后迅速爬上一棵大树。

鬣狗和卡拉之间的友谊就这样结束了。卡拉自此开始在大树上生活，而鬣狗依旧在大地上奔跑，它们两个从此再也没有见过面。

会拉小提琴的猴子

有一年，猴子生活的这片土地上发生了一件不幸的事——绿色植物、昆虫全部消失了，剩下的只有饥饿。

猴子不得不离开自己曾经生活的地方，想到别的地方寻找一份力所能及的工作。幸运的是，它得到了猩猩大伯的关心和呵护——猩猩大伯住在这个国家的另一端。

猴子为猩猩大伯工作一段时间后，得知家乡的情况有所好转，便想回到自己的家乡去。猩猩大伯为了奖励它之前的付出，送给它一把小提琴和一把弓箭。

猩猩大伯对猴子说，这把弓箭可以帮助它捕捉到自己想要的任何东西，而小提琴可以让它随时随地快乐地舞蹈。

在返回家乡的路上，猴子首先遇到了它的好朋友狼先生。这位被猴子称为老同事的狼先生给猴子讲述了它所知道的所有奇遇故事，同时，还跟它说自己一直想捉一头鹿，可总是捉不到。

猴子对狼先生讲述了自己腰间佩戴的弓箭的传奇故事。它对狼先生承诺说，自己可以用这把弓箭帮它得到它想要的一切

猎物。

当狼向它指明鹿所在的地方时，猴子立刻拉弓射箭杀死了鹿。

狼先生非常羡慕、嫉妒猴子，它向猴子索要弓箭，想把它据为己有。当猴子拒绝它时，狼开始用武力威胁猴子。待弓箭到手后，狼又到处散播谣言，说猴子偷走了自己的弓箭，现在弓箭又回到自己手中了。

猴子为此事找到了土狼，土狼推说自己没有能力独自处理弓箭的事情，它建议把这件事提交至由狮子、老虎、豹子先生以及其他动物掌管的法院进行调解处理，因为它要顾及安全问题。

事实上，土狼早已和狼串通在一起了，就在猴子将案件递交法院处理之前，土狼已带着食物，跟踪并伺机谋杀猴子。当然，机智的猴子并未让它得逞。

法庭上，猴子提供的证据非常少，而狼凭着那些谣言占了上风。现在，情况对猴子非常不利；因为偷盗是一项非常严重的犯罪行为——猴子可能会被绞死。

狼十分得意，它以为自己可以名正言顺地占有那把弓箭了。

愤怒而无奈的猴子忽然记起了小提琴，小提琴依旧在猴子身边。在法庭上，它说出自己最后一个请求：演奏一曲小提琴曲。

猴子在演奏小提琴方面极具天赋，它拉出的曲子可以打动所有人，能让凶猛的狮子保持安静。

猴子开始演奏《金鸡鸣唱》。不一会儿，法庭内外的动物开始变得异常兴奋，动物们都充满活力地随着音乐起舞。

开始时，它们还很享受，不久它们就惊恐地发现自己根本停不下来——即使它们筋疲力尽地倒在地上，它们的双脚依然在不停地跳动。

可是，猴子只管把头温柔地靠在小提琴上，眯缝着双眼，继续拉着小提琴。

狼是第一个大声哀求猴子的，它气喘吁吁地说："猴子老弟，请你停下来，不要再演奏了！看在上帝的分上，请你停手吧！"

但是，猴子像没有听见狼先生的哀求，继续演奏。

过了一段时间，狮子也疲惫不堪了。它对着猴子吼了一声："猴子，如果你停止演奏音乐，我可以把自己的王国送给你。"

"我不想要你的王国，但是，你们必须把弓箭归还给我；而且，狼必须承认是它霸占了我的东西！"猴子说。

"我承认是我强占的，我承认！"狼先生大声喊道。随后，狮子宣布猴子无罪，并命令狼将弓箭归还给猴子。

猴子并没有停止演奏手中的小提琴，反而将琴声拉得更大。直到它拿回自己的弓箭，才跳上一棵长满荆棘的大树。

乌鸦和兔子的友谊

乌鸦是兔子非常要好的朋友。有一天，它们约定好背着对方从一个村子走到另外一个村子——这是为了让所有人见证它们两个之间真挚的友谊。

首先，乌鸦背着兔子走在通往村子的路上。看见它们的人们问："乌鸦，你身上背着什么啊？"

"我背着一个刚刚从那马蒂亚回来的朋友。"只要有人问，乌鸦就这么回答。就这样，乌鸦背着兔子走了很多地方。

轮到兔子背乌鸦了。当它们抵达一个村子时，当地的居民问道："兔子，你背的是什么啊？"

"哦，我背着羽毛、羽绒，还有一个很大的喙。"兔子说的话带有嘲讽的味道。

乌鸦不喜欢朋友以这样的方式说话，随后，它从兔子的背上跳了下来，两个人的朋友关系也随之终止了。

兔子的奴隶——大象

有一天，兔子在外面散步，看到很多动物正坐在一棵大树的树荫下。它心里充满好奇，便问道：“发生什么事情了？为什么大家都聚在这里？”

一些动物解释说：“我们要处理一件烂事，现在正在等大象领导。”

“什么？什么？大象是你们的领导？”兔子皱着眉头，“大象不是任何动物的领导，大象是我的奴隶。我总是坐在它的背上去任何自己想去的地方！”

一些动物惊奇地问它：“你那么矮小，大象怎么可能是你的奴隶？”

“矮小并不代表什么。”兔子反驳说。

接着，它用一种极具权威性的语气大声说：“我已经和你们说过，大象并不是什么领导，它是我的奴隶。所以，你们可以离开这里了。另外，它也没有能力帮你们解决那个问题。”

说完之后，兔子朝着自己家走去。一些动物也像它一样离开了，因为它们相信了兔子所说的话。

过了一段时间，大象来到会议现场，只看到稀稀落落几个动物。

它问道："为什么其他动物没来？难道它们都迟到了吗？"

"不是这样的。"留下的动物们对大象说，"其他动物刚才都在这里，它们才离开不久。这是因为兔子对它们说你并不是我们的领导，而是它的奴隶。"

大象气得浑身发抖，愤怒的它喃喃自语道："啊，混账东西，大骗子……今天，你竟然胆敢说出如此侮辱我的话，简直是卑鄙无耻！"

这时，兔子已经回到家里并开始装病。它善良的妻子铺开一张席子让它躺在上面。

正在这时，一只羚羊赶到了这里——它是兔子的小姨子，前来通知兔子，说大象扬言要教训它一顿，已经在路上了。说完这些，它便立刻离开了。

狡猾的兔子假装癫痫病发作，不停地在席子上扭来扭去，同时，它还大声地呻吟着，说自己的心口很痛。

大象抵达兔子家时，脸色非常难看，它大叫着："兔子，你这个混账东西，赶紧给我滚过来！"

兔子不停地低声呻吟着，并结结巴巴地说出几句话："哦，请……原……谅，对……不……起！因为，我……不太……好！我的……身……体……很……痛！我现在……非常……不舒服……"

“我不想知道这些！无论如何，你必须跟我到会议现场。因为大家都听到你说的那些侮辱我的话了——说我不是它们的领导，而是你兔子的奴隶！”大象说。

“你……说得……很……对，但是，我已经……不能……跟你去那里了，也……不能……陪……你啦！”

“我已经和你说过了，你必须和我一起去；即便是背，我也要把你背到那里。”大象语气强硬。

“那……只有这种办法了，我……在家里……已经这样，如果……和你一起走很远的路，一定……会很痛苦。”

接着，它把自己的妻子叫过来，痛哭流涕地对它说：“把我的……新衬衫……给我拿过来。哎呀，哎呀！……你再去……把我的新……裤子……拿过来。”

随后，它又说：“现在，你去把我的……新鞋子拿过来！以后，任何……事情……都有可能发生，即便……是去死，我……也要穿上……自己最贵的……新衣服。”

兔子穿上漂亮的衣服和鞋子。大象蹲在地上，兔子跳到它的背上并稳稳地坐在上面。

在大象准备出发之前，兔子又大叫着说自己像一块被晒裂的岩石，然后，它对妻子说：“老婆，你把遮阳伞给我拿过来，实在是太热了……阳光会加重我的病情！”

就这样，大象背着兔子迈着飞快的步伐朝会议现场走去。

当它们快要接近会场的时候，兔子已经不再装病了，它试图装成一位重要的人物，脸上露出幸福的微笑。

当在场的动物看到兔子非常庄严地坐在大象背上时，所有的动物都开始惊呼：“你们快看啊！兔子说的一切都是真的。大象是它的奴隶……是它亲自背着兔子来到这里的。”

当大象停下来的时候，兔子动作轻盈且优雅地跳到地上，它对所有的动物说：“你们看到了吗？你们看到了吗？我说的是不是真的？”

现场所有的动物大声喊道：“是真的，先生，都是真的。大象不是大家的领导，它是背兔子走路的奴隶！”

大象意识到自己犯了一个愚蠢的错误，心里充满了羞耻感，便从会议现场离开了。

走丢的信使

很久以前，狗还没有被人类驯化。狗有各自的族群，各族群的领袖都在吹嘘自己的能力比其他族群领袖的更强大。

有一位领袖想要娶另一位领袖的妹妹，但由于它们之间积怨太深，另一个领袖回答说：“不行！我不想让你成为我的妹夫。”

被拒绝的领袖非常生气，它非常喜欢对方的妹妹。它命令它的一个仆人充当信使，到那个狗王国传话：“如果你拒绝把妹妹嫁给我，我会派兵摧毁你们拥有的一切。”

当仆人正要离开的时候，这位领袖的几位谋士看到它全身很脏，从脸上到身上没有一处干净的地方；而自己族群的习惯是外出时必须梳洗干净，打扮靓丽，特别是提亲的人更应如此；所以，

谋士们问它："你为什么不洗澡呢？"

仆人听到谋士们的话，非常尴尬。于是，谋士们命令自己的仆人替它上上下下清洗干净，还在它的尾巴上喷了香水，让它全身散发出香味。

这个仆人走在回去的路上，看着自己靓丽的装扮觉得非常骄傲，以至于忘记了自己要做的工作。直到今天，它也没有完成自己的任务。

从那时起，狗狗们碰面时，都会急忙嗅一下对方的尾巴，它们想要找到那个尾巴上涂抹香水后便消失的信使。

猪和苍鹰

猪和苍鹰曾经是一对形影不离的好朋友。猪十分羡慕苍鹰拥有的一对翅膀，它一直想让朋友帮自己找一对可以飞翔的翅膀。

苍鹰愿意帮助猪实现它的愿望。它从别的鸟儿那里找到一些羽毛，把羽毛用蜡粘在自己朋友的肩膀上和腿上。猪喜出望外，因为它真的可以飞翔了。

它不顾苍鹰的警告，一定让苍鹰陪自己飞到一个很高的地方，但是，由于气温渐高，它身上的蜡开始融化了，羽毛开始一根根地掉落。

随着羽毛不停地掉落，心烦意乱的小猪也开始从高处往下落。当羽毛掉光的时候，猪也坠落在地上，鼻子着地。由于坠落时产生的巨大冲击力，它的鼻子变平了。这便是猪鼻子扁平的原因。

猪对苍鹰大发雷霆，指责自己的朋友想要谋害自己，埋怨它没有粘好羽毛。

此后，猪和苍鹰不再是朋友了。当猪看到苍鹰在高处飞翔的时候，便会冲着苍鹰哼叫，还会用怀疑的眼神看着它。

狮子和兔子

狮子喜欢上一位非常漂亮的姑娘，它决定娶她进门，便到姑娘的父母家里请求他们同意。

姑娘的父母同意它成为自己女儿的男朋友，但是他们对森林之王提出一个要求：用两只小兔子做聘礼。狮子同意了。

没过多久，狮子便捉到两只小兔子。它把兔子装进袋子里，背着袋子朝自己未来的岳父岳母家里走去。

路上，它碰见另一只兔子，狮子请它帮自己一起把彩礼带到岳父岳母家里去。长着两只大耳朵的家伙接受了狮子的请求。

路上，聪明机警的兔子对袋子里的东西产生了怀疑，它趁狮子不备偷偷打开袋子一看，惊讶地发现袋子里装的是它的孩子。

兔子决定报复狮子。它把自己的孩子从袋子里救出来，把一个马蜂窝放在袋子里。

当它和狮子一起抵达狮子未来岳父岳母家的时候，狮子对兔子说：“兔子，请你出去一会儿，我想和这对夫妇谈一些私密话题。”

“狮子先生，我当然可以出去啦。您最好把屋门关上或者锁起来，这样我就听不到你们的谈话啦！”

狮子欣然接受了兔子的建议。兔子在屋外用非常结实的锁把房门锁了起来。

与此同时，森林之王高兴地打开袋子，准备让自己未来的岳父岳母看看那两只小兔子。可它没想到，一群马蜂飞了出来，开始疯狂地蜇它。

兔子救了自己的孩子们，它高兴地领着孩子们回到了自己的洞穴里。

宇宙葫芦

葫芦是瓜果类的一种，有很厚的外壳。很多人把它里面的果肉和籽挖出来后把它制成日用品，可以用它装水或者制成摇铃。

有时候，人们会把圆形的葫芦从中间横向切开，用来装一些小的礼品和宗教圣物。很多时间，人们还把葫芦切成两半，把它们制成一种装饰画。这些装饰画有很多不同的设计风格，上面有人类、动物的图案。

在阿波美[1]，宇宙被比喻成圆形的葫芦，水平线位于葫芦两半的结合处。在那里，仿佛天空和大海连接在一起，人们生活在它的身体里。平坦开阔的大地在巨大的球体里浮动，小小的葫芦好像可以承载所有比它大的东西。宇宙葫芦里装满了水，大地之下也储存着大量的水。

---

① 阿波美：贝宁南部祖省的一座城市，是原达荷美王国的首都。

如果我们向地下挖掘，总能发现水。水环绕着整个地球。太阳、月亮、星星一直在葫芦的上半部分不停地移动。

相传，当上帝创造万物的时候，他首先考虑的是大地，所以划出了水域的边界。水一直围绕在葫芦的边缘处。

一条神圣的蛇围绕着整个大地，把它变得更加稳固。

上帝把神圣的蛇带到很多地方，让它固定地球上所有会移动的东西。

世界的粮仓

当上帝创造大地的时候，他抓起一把黏土用力撒向整个宇宙。从南到北，由东向西的大地都连在一起了。上帝用同样的方法创造了星星，他把黏土捏成很小的圆球，当它们开始慢慢晃动的时候，再把所有的圆球扔到天空。

后来，在创造太阳和月亮时，上帝完善自己的技艺，在黏土圆球的边缘加上了红色和白色铜环。神灵会在荒芜贫瘠的土地上降下一场大雨，让它变得肥沃。接着，他把所有新的土地连接在一起，让所有的生灵生活在这片大地上。第一个生活在大地上的是一匹凶狠的土狼，接下来，是一对半人半蛇的双胞胎。

看到土狼和半人半蛇的双胞胎，失望的上帝又再一次拿起黏土，创造了四个男人和四个女人，并把他们送往大地。这八个人类的祖先来到大地上，他们的任务是繁衍后代并教会人们使用技术。人类祖先是可以长生不老的。但是，一段时间过后，上帝又把他们召唤到自己身边。

回到天上之后，上帝禁止他们相互见面，以免产生分歧。最后，为了消除饥饿，上帝给了他们八种粮食作物的种子，有玉米、大米、豆子等。其中有一种很小的植物，叫马唐[①]，人类的八位祖先在种过一次后，发誓以后再也不种了。

但是，其他所有的种子都已经用完，只剩下不起眼的马唐。

人类的第一个祖先即人类始祖决定种植剩下的马唐。因为他违背了自己曾经发过的誓言，所以，上帝认为他不能再继续留在天上了。随后，他开始准备东西带回大地。

人类始祖想起了在那片悲惨的大地生活的老百姓：蚂蚁们可以住在自己挖的洞穴里，可怜的人类却不会使用任何工具，只了解一点火种的基础知识。除此之外，他们在工作时还会遇到各种各样的困难，因为最早的人类没有灵活的身体关节，身体柔软得像蛇一样。

在离开天上之前，他向上帝阐述了自己的观点。但是，上帝认为人类所拥有的一切已经足够。首先，大地上有很多动物，如母鸡、公鸡、公羊、母羊、猫和狗等；森林里也有很多动物，人类可以捕到羚羊、鬣狗、野猫、猴子、大象；同样，还有鸟类、昆虫、鱼类。整个大地上都生长着植物，比如面包树，可供人类食用。当然，还可以种植那八种粮食作物。

最后，始祖想给人类带一个风箱、一个木槌和一个铁砧。

他可以教会人类使用和制造它们。这些工具很重也很大，不好携带，于是，他想了一个办法。他用天上的泥土建造了一个金字塔，在金字塔里安放了八个舱室，在每个舱室里储藏了充足的

① 马唐：属禾本科一年生草本植物，分布于全球热带至温带地区。

粮食种子。他在金字塔的墙壁上挖出四个台阶，随后，在四个台阶上放上动物和植物。接着，他在金字塔的顶端埋下一支箭，在弓箭的一端系上一根细线。随后，他把弓箭射向苍穹。

对始祖来说最危险的事情是获得太阳里铁匠们的能量，他要把火种带给人类。他悄悄地溜进铁匠的工作间，用一根弯曲的杆子偷了煤炭和一块烧红的铁，把它藏在风箱里。最后，他把金字塔封得严严实实，彩虹像一条蛇出现在他的面前。

始祖站在装满东西的金字塔旁，突然，危险来了。那两个愤怒的铁匠把火投向盗取火种的小偷。始祖被迫拿起用羊皮制作的风箱抵挡。这时，金字塔下降的速度越来越快，后面留下一道亮光……

后来，金字塔落在地上，产生了巨大的冲击力。始祖失去平衡，铁砧、木槌落在他脆弱的四肢上，砸出了骨骼和关节。很快，他看到所有人类的身体和自己一样，都长出了骨骼和关节。随后，始祖建了第一个体育场、第一个村子和第一个铁匠铺。他开始教人们使用锄头锄地。后来，人类另外的七位祖先也和他聚在一起，他们每个人都有各自的技艺和神秘的技术，如制造鞋子、乐器等。

不讲话的小姑娘

有一天，有个小伙子看到一位非常漂亮的小姑娘，并深深地爱上了她。第二天，他和小姑娘的父母坐在一起讨论婚嫁的事情。

“我们的女儿不爱说话，如果你可以让她讲话，你就可以娶她为妻。”小姑娘的父母说道。

小伙子走到小姑娘的身边，开始向她提问，后来又给她讲了几个有趣的故事；但是，沉默的小姑娘并没有笑，也没有说出一个字。小伙子放弃了，离开了。

在这个小伙子之后，又陆续出现很多追求者，有些人还非常有钱；可是，他们都没有办法让她开口说话。最后一个追求者是一个全身脏兮兮、没有任何地位的穷小子。他来到小姑娘父母的身边，说自己想和他们的女儿结婚。

夫妻俩回答说：“之前，有几个地位尊贵的人带着很多钱来到这里，也没有办法让她开口说话，你觉得自己可以让她开口说话吗？不要痴心妄想啦！”

穷小子坚持自己的意见，请求他们让自己碰碰运气。最终，小姑娘的父母接受了他的请求。

小伙子邀请小姑娘到自己的农场去，并让她帮自己锄地——农场里种着很多玉米和花生。在辛勤的劳作之后，他们得到了丰厚的回报——好多农产品。

在这个过程中，小姑娘问："你这是在做什么呀？"

小伙子笑了，他解答了小姑娘所提的问题，并带着小姑娘回到她父母的身边。他还为他们讲述了曾经发生在农场的趣闻。

村子里的人们都在传颂着他们两个人的故事，并为他们举行了隆重的婚礼。

长“翅膀”的乌龟

很久以前，有一只乌龟得到生活在大森林里的鸟类要举办一个盛大宴会的消息。

乌龟把头从漂亮光滑的壳里伸出来说：“我也想去参加宴会。”

“可是，这个宴会是在天上举办的。你怎么上得去呢？”一只鹦鹉说。

乌龟非常沮丧。鸟儿们看到它的样子，非常同情它，所以大家决定帮助乌龟飞上天空。

“对啦，我们可以向自己的同类借一些羽毛给你。”鸟儿们对乌龟说。

就这样，它们为乌龟借来了很多羽毛。小鸟们用一些细绳把五颜六色的羽毛捆绑在乌龟的四只脚上。

“好啦，你现在可以飞行了。”小鸟们愉快地说。接着，它们又说：“可是，现在还有一个问题。在这个宴会上，我们大家都要用一个别名。你想好自己叫什么名字了吗？”

深谋远虑的乌龟想了一会儿，说："我的名字叫大家。"

第二天上午，当公鸡开始歌唱的时候，收到邀请的鸟儿们开始朝宴会场地飞去。

前往宴会地点的路程要比大家想象得更远。乌龟不会直线飞行，所以，它落在了队伍的最后面。对于它来说，飞行很累；对于其他动物来说，在非洲的天空中，大家从未见过如此笨拙的"鸟儿"——虽然它拥有闪亮的"翅膀"。

"太漂亮啦！"乌龟飞翔在一片咖啡园和棉花地的上空，一边飞一边大声喊着。它非常享受在高空飞行的感觉。

晴朗的天空下，乌龟可以看到远处的山峰上覆盖着皑皑的白雪。它飞过壮观的白尼罗河[1]时，大声惊呼道："你看那条河，真大！"

① 白尼罗河：尼罗河的两条主要支流之一（另外一条是青尼罗河）。

当大家飞到目的地的时候，宴会刚刚开始。主人在一张非常大的桌子上摆满了美味的食物，等着大家来一起享用。

根据老传统，一只鸟问："谁第一个品尝美味大餐呢？"

宴会的女主人是一只巨大的老鹰，它回答说："大家来吧！"

"让我第一个吃大餐吗？太好了！"乌龟边说边走上前去，狼吞虎咽地吃了起来；而这时，惊呆了的鸟儿们看着它却不知如何是好。

节日宴会持续到中午时，类似的场景又一次出现了。"谁第一个品尝午餐呢？"鸟儿们一起问道。

"大家来吧！"女主人说道。

乌龟急忙再一次吃掉了所有的东西。

到吃晚饭时，又出现了同样的情况。

饥饿的鸟儿们在晚宴结束后，都要求乌龟归还之前借给它的羽毛。

"你得把所有的羽毛归还给我们。"鸟儿们说。接着，它们把绑在乌龟身上的绳子全部解开，拿回了它们各自的羽毛。

无奈的乌龟只得对鸟儿们提出一个请求："请你们飞过我家门口的时候，告诉我母亲让它在我家门前堆个草堆。"

"为什么啊？"

"当我从天上跳下去的时候，草堆可以使我免于摔伤。"乌龟自作聪明地说。

鸟儿们非常生气，当它们抵达乌龟家中时，故意告诉它的母亲说："你的儿子请你在家门口摆放一块大石头。"

结果，乌龟摔在了大石头上。幸运的是，它并没有死。它的母亲用尽全力为它修补好全部破裂的外壳。从此以后，乌龟走路就变得特别缓慢了，而且直到今天，它还在背着满是裂纹的乌龟壳。

两个猎人和一头狮子

两个猎人前去打猎，他们猎杀了一头小鹿。后来，他们碰到一头狮子，这头狮子一直暗中尾随着他们。

傍晚，一个猎人说："我睡觉的时候，你可以把鹿肉吃掉！"

另一个猎人回答："如果我们是三个人，你可以睡觉。可是，现在我们只有两个人，你怎么能睡觉呢？"

前一个猎人听不进后一个猎人的忠告，他从树上折下树枝铺在地上，然后躺在树枝上开始睡觉。后一个猎人没办法，只好去烤鹿肉。

尾随而来的狮子乘机扑到睡觉的猎人身上，吃掉了他。

后一个猎人在日出的时候回到了自己的村子。村民们都问他："你的同伴呢？"

他回答："只有两个人时，他也想睡觉，所以被狮子吃掉了。"

这个故事告诉我们，为了战胜生活中的困难，要善于接受别人的建议，不要在危险时刻放松警惕。

蝎子和青蛙

有一天，森林里起火了。动物们如果想逃生，只能穿过河流到达森林的另一边。

所有会游泳的动物都跳入水中，有的身上还背着自己不会游泳的朋友。但是，蝎子既没有朋友也不会游泳，因为没有哪只动物愿意冒风险为它提供帮助。

看着大火在逐渐逼近自己，蝎子只好卑微地向一只正在过河的青蛙求助。

蝎子说："请让我坐在你的背上过河吧。"

青蛙回答说："我可没有疯啊，你会蜇接近你的所有动物。"

蝎子说："我不会用毒针蜇你，如果我这样做，我们两个都会沉到水底，我可不会游泳啊。"青蛙觉得蝎子说得很有道理，同意了蝎子的请求。

但是，用毒针蜇动物已成为蝎子的习惯，在快到河对岸时，蝎子忘了自己的承诺，用毒针蜇了青蛙。接着，它们两个一齐落入水中，蝎子被淹死了。

是谁杀死这头牛

一个拥有一大群牛的男人指责邻居杀死了自己的牛。

“我没有杀死你的牛。你的牛是在和另一头公牛打架时死掉的。”邻居反驳说。

男人听到这样的回答心里很不高兴，所以他把自己的邻居告上了法庭。

开庭时，双方争执得很厉害，这时一位老者走了进来。

“你们等一下！那两头牛的尾巴在哪里呢？”老者问道。

法庭里所有人听到老者的问题都很惊讶。

被告指着牛尾巴说：“在这里。”

“牛尾巴是朝上还是朝下？”

“朝下。”

“牛角在哪里？”老者又继续问道。

“牛角还在牛头上。”

“牛角是朝上还是朝下？”

“朝上！”被告回答。

“很好。如果一头牛攻击另一头牛，那么被攻击者的伤口是什么样子的呢？我自己可以回答这个问题。”老者继续说，“伤口一定是自下而上的。”

“对！当一头牛攻击另一头牛的时候，伤口一定是自下而上的。”法官附和道。

“那么，这件官司可以结案了。现在，我们去看看牛的伤口。”

老者建议：“如果牛身上的伤口是自下而上的，被告说的是实话；如果相反，就是他在说谎。”

大家赶到死牛所在的院子里，清楚地看到伤口的是自上而下的。由此法官认定是被告杀死了牛。

癞蛤蟆和兔子

从前，癞蛤蟆是有尾巴的，后来它为什么没了尾巴呢？

一天，兔子在路上捡到一袋玉米，准备把它背回家。这时，它看到路边的一棵大树上长满了红色的果子，兔子没有迟疑，它把袋子放在地上，爬上了大树。

当它吃水果的时候，癞蛤蟆出现了，想把那袋玉米抬走。兔子大声对它说，那玉米是属于它兔子的，但癞蛤蟆根本不予理会，并对兔子说："如果是你的，为什么你不把它带到树上？"

这样的回答让兔子非常恼火。它决定把问题交给村子里的酋长解决。

酋长决定第二天召开协商解决的会议。同时，他命令森林里所有的动物都要来参加会议。

第二天，兔子前往酋长家准备参加会议。路上，癞蛤蟆看到兔子，赶忙躲进一个洞穴，但慌乱之下竟忘记了自己的尾巴——它的尾巴还留在洞穴外面。兔子看到它的尾巴后，抓起它的尾巴把它拎到会议现场。

当兔子和癞蛤蟆抵达会场的时候，动物们也都到了。于是大家都看到了这样的情形——兔子抓着癞蛤蟆的尾巴。

酋长要求兔子松开癞蛤蟆的尾巴。

兔子说，这条尾巴是自己的——如果这是癞蛤蟆的尾巴，它应该把尾巴带到自己的洞穴里。

最终，所有的动物都同意了兔子的观点。

酋长宣布，这条尾巴归兔子所有。

直到今天，癞蛤蟆也没有尾巴，它的尾巴正是在那次会议上失去的。

林鸟和蜜蜂

林鸟和蜜蜂曾经是一对好朋友。它们的友谊成为当地的标杆，它们两家人的关系也非常融洽。

有一次，蜜蜂的儿子患了重病。在那时，唯有巫医可以准确诊断它儿子患上了什么病并给出药方。

蜜蜂满怀忧愁地来到巫医家中，寻求可以治病的良方。巫医要求它送自己一片漂亮的林鸟羽毛。

当蜜蜂得知自己儿子的病可以轻松治愈时，它长长地吐了一口气；况且，巫医所要的羽毛的主人正是自己最好的朋友。

它飞快地来到林鸟家，向林鸟提出了自己的请求。

林鸟得知蜜蜂的儿子、自己的小侄儿生了重病，心里非常难过。作为蜜蜂最好的朋友，它怎能袖手旁观呢？

于是，它拔下自己一片漂亮的羽毛

递给蜜蜂。蜜蜂拿着漂亮的羽毛飞到巫医家中，把羽毛递给巫医以换取药方。

因为林鸟的帮助，蜜蜂的儿子得以起死回生。看到孩子康复了，大家都很高兴。

几天后，林鸟的孩子从树上摔了下来，林鸟急忙飞到巫医的家里寻找治疗的良方。

巫医向林鸟索要一对蜜蜂的翅膀，只有得到那翅膀他才愿意治疗小林鸟。

没办法，林鸟只好忧心忡忡地赶到蜜蜂的家里。

蜜蜂听到朋友的请求后，心想自己只有两个翅膀，即使缺少一个翅膀，也一定会被其他动物杀死的。于是，它断然拒绝了朋友的请求。

后来，林鸟的儿子一病不起，没了性命。

从那天起，林鸟和蜜蜂成了公开的敌人。蜜蜂不能出现在林鸟的面前，不然，林鸟会一直追逐它。

林鸟还四处寻找蜂巢，找到就摧毁它。人类则利用林鸟来寻找蜂巢。这一切的起因都是仇恨。

惩罚狐狸

在公鸡大叔居住的村子里，大家都在抱怨村子里太吵了，特别是晚上，很多人不能安静地入睡。

数不清的抗议声促使酋长派出一些人到处查找吵闹的原因。

到了晚上，很多村民把自己武装起来，带着棍子等工具外出巡逻，准备随时消灭噪音的制造者。

后来，大家认定该死的噪音制造者是狐狸和公鸡一家。每晚出来觅食的狐狸惊扰了公鸡一家，母鸡和小鸡们都吓得不停大叫。

酋长命人通知狐狸和公鸡，第二天要和它们两个进行一次严肃的谈话。

由于狐狸是噪音和骚乱的真正制造者，它的心里非常害怕。

第二天一大早，它去找公鸡，希望它能尽释前嫌，说动酋长让它对自己网开一面。

公鸡看见远处朝自家走来的狐狸，猜出了它的意图，于是，公鸡把头藏到自己的翅膀下面。

“亲爱的朋友，酋长让你和我一起去他家。”狐狸走到公鸡身边说道。

“朋友，现在我非常害怕。你知道那里有什么惩罚等着我们吗？我不想让别人来执行这个惩罚，所以我已经让我的妻子把我的头砍了下来。你没看见我已经没头了吗？”

狐狸听了公鸡的话，吓得浑身发抖，它跑回家里让妻子把自己的头砍下来——它以为这样便不用到酋长家里接受这残酷的惩罚了。

狐狸的妻子找出一把很大的斧头，一举砍下了丈夫的头。

总是喜欢偷鸡摸狗的狐狸，给了自己一个最严厉的惩罚。

蛇

玛丽娅和若昂先生生活在一起已经很长时间，却没有孩子。玛丽娅心情非常烦躁，总是不断喃喃自语：“哎呀，我们总是在工作，在家里工作，在田里工作，这是为什么？难道是为了让别人吃饱饭？我们家里很多东西都腐烂啦！如果我们有一个孩子，他可以帮我们一起吃饭，还可以帮着一起收拾……”

丈夫安慰她说：“又有什么事情惹恼你啦？有很多女人像你一样没有孩子……不过，咱们身体健康，日子过得红红火火，这就够了。”

妻子却并不这么认为，嘴上总是在不停地抱怨。

一天，她梦到自己站在湖边提水，突然一个老太太对她说：“你好，玛丽娅女士。你不停地抱怨没有孩子，如果有了自己的孩子，你会爱他吗？”

“当然爱啦。”

“好的。我可以实现你的愿望，不过，你不能把我们谈的事情告诉任何人。”

玛丽娅从梦中醒来，坐在床上忧心忡忡地回想着梦中的情景。

玛丽娅的丈夫起床了，看到妻子神情恍惚，便问道："玛丽娅，你怎么啦？"

"没事……我没有做梦……"

女人听从老太太的吩咐，没有向任何人透露梦中的事情。

不过，梦中关于孩子的谈话一直在她脑中徘徊。她站起身想到外面走走，但她丈夫拦住了她："你为什么要在危险的时候出去？你不知道凶猛的野兽都在这个时候出没吗？"

她躺回去，睡眠再次笼罩了她。她的丈夫也慢慢睡着了。

玛丽娅再次回到梦中的湖泊。

"玛丽娅女士！"同样的声音在呼喊她的名字。

"老太太，你好……"

"如果你有一个孩子，你会兑现自己的承诺吗？"

"是的，老太太，我会兑现自己的承诺。"

"我会给你一个孩子。但是，你要特别注意，这个孩子不能看到镜子或窗户玻璃映出的自己的样貌。如果孩子照了镜子，便会立即从你的身边消失。"

一大早，玛丽娅神采奕奕地起床。她没有向丈夫透露任何事情，也没有讲述梦中的情景。

玛丽娅的肚子一天天慢慢地变大，她的丈夫仿佛没有发现，只是大家都在不停地议论。

"嘿，你们看到了吗？玛丽娅怀孕啦！她的肚子大了！"

日月如梭，很快到了玛丽娅分娩的日子。在接生婆的帮助下，一个漂亮的女婴出生了。

大家评论说：“现在大家还能说什么？她现在生孩子啦。你们看得一清二楚，她那么长时间都没有孩子！”

在产下女婴的当天晚上，她再一次回到那个梦里。

“玛丽娅，我送给你一个可爱的女孩。可是，从现在开始任何人都不能来看她。在我没有通知你之前，她也不能走出屋门。”

玛丽娅听从了吩咐。为了不让大家看到她的女儿，她不再去农田干活。她去湖边提水的时候，就让丈夫照看孩子。

慢慢地，小女孩已经会爬了。玛丽娅再次进入睡梦中，那个陌生的声音再次在她耳边响起：

“玛丽娅女士，孩子已经可以出门了。她的名字叫桑巴，不过，你要特别注意，不能让她看镜子，甚至玻璃也不可以。”

大家看到小女孩时，非常惊奇：“啊！啊！这个女孩子真漂亮啊！”

随后，玛丽娅开始到地里干活儿，让小女孩和其他孩子一起玩游戏。

她把唯一的女儿桑巴打扮得非常漂亮，把所有的好东西都留给她吃。

她长大后，父亲还把她带到地里，让她看看如何种植木薯、红薯和花生。看到父亲和母亲把农作物装在两个圆形的大箩筐里，桑巴笑了，她觉得这些事情非常有意思。

他们回家的时候，恰好遇到一场暴雨。他们夫妇开始奔跑，可桑巴好像不着急。

心急如焚的玛丽娅害怕暴雨会伤害到自己的女儿，她不习惯地大声对女儿呵斥道：“桑巴，我的女儿！快点过来躲雨，快躲开大雨啊！”

最后，女儿慢腾腾地跑着说：“妈妈，我不能跑，我的项链断了，散落在我脚下了！爸爸，我不能跑，我的项链散落在我脚下了！”

就这样，他们大声喊叫着回到家里。幸运的是，小姑娘并没遇到任何不幸。

几年之后，一些人建议给小姑娘桑巴找一位老师教她读书，这样她才会懂得规矩。但是，玛丽娅告诉老师，必须把家里的镜子藏在行李箱里，家里也不能安装玻璃窗户。

一切似乎都很正常。但是，在一个阳光明媚的日子里，小姑娘在整理女老师的房间时，却想打开行李箱。女老师离开房间时忘记把钥匙带走，把钥匙留在箱子上面了。

小姑娘很好奇，她从上到下翻看着行李箱里的东西。最后，她看见一面镜子，出于好奇心，她把镜子拿了起来。

“嘿！镜子里有一个人！”她说。随后，她的嗓子便发不出声音了。

当小姑娘想说话的时候，发现自己已经不能动弹。眼泪从她的脸上滑落下来。不一会儿，她便消失了。

人们找遍了所有的地方。女教师非常担心，只记得桑巴照一下镜子便消失了。

几天后，桑巴的母亲按照惯例来探望自己的女儿。

她头上顶着送给女老师的礼物，作为她教育女儿的酬劳。当她知道女儿照镜子消失后，她大声痛哭起来。

同样，家人也开始寻找。大家都没有找到她。

正在大家四处寻找桑巴的时候，她却在一家宾馆里出现了。

因为不会说话，人们非常同情她，让她成为那里的一名工作人员。

有一次，宾馆里的厨师都出去了，一条巨大的蛇爬进厨房并大口吞噬食物。厨师回来后，看到厨房少了很多食物，一切的不幸便都落到了桑巴身上。老板和几个仆人狠狠地打了她一顿。

一天，桑巴负责清理和收拾整幢房子。当时，蛇一直藏在那里，它在人们出去的时候弄坏了一些餐具和家具。

接着，桑巴又被宾馆的老板暴打了一顿（他认为是桑巴弄坏的）。

可怜的桑巴逃到另一个地方。大家了解她的故事后都很同情她，便收留她住下来。但是，可恶的蛇没有停止干坏事，它跟随她来到这里，给她的工作制造了很多障碍。面对种种破坏，房子的主人开始有些不高兴。

时间过得很快，桑巴长成一个可爱的姑娘了。房子的主人决定去葡萄牙，在他去葡萄牙之前，询问所有的仆人有什么愿望。当他看到桑巴的时候，他的妻子告诉他桑巴不能说话。可是，太神奇了！就在这时，桑巴能说话了，她告诉主人想要一把砍刀、一把尖刀、一盏油灯和一些上帝之子的石头。

随后，她又不能说话了。

主人踏上返程的时候，突然想起没有为桑巴购买她需要的东西，他又返回买了东西后回国。

后来，主人回到家里，给仆人们分发礼物。

桑巴把主人送给自己的礼物放在房间里。一天夜里，她独自在屋里睡觉，蛇偷偷溜进她的房间。很快，小姑娘举起砍刀砍它，用尖刀刮它，用油灯烧它，然后，再把上帝之子的石头放在死蛇和自己之间。

第二天上午，面对如此巨大的蛇，主人惊得目瞪口呆。桑巴又能讲话了，她把蛇陷害自己的事情从头至尾讲了一遍，所有人才明白一切。

成年后的桑巴更加漂亮。不久后，她和主人的一个儿子结婚了。

鳄鱼与猴子

曾经，我们故事的两位主人公——鳄鱼和猴子是一对极好的朋友，它们相互之间无话不谈，住在一起，吃在一起，好像它们两个是一对亲叔侄一样。

在一个阳光明媚的日子里，猴子邀请鳄鱼一起到外面找食物——它们的食物已经出现了短缺。

“叔叔，我们出去转一圈吧！”猴子邀请鳄鱼说。

“我的侄儿，我们去哪里啊？”鳄鱼问道。

“去附近的一个村子！距离这里不远，那里还有很多公鸡。”猴子回答。

“那里有什么？”鳄鱼又一次问道。

“叔叔，我们一起走吧！那里有很多美味的水果，还可以吃到好吃的东西。”猴子说。

鳄鱼叔叔觉得这是一个令人兴奋的好消息，所以，它对这次旅行充满了期待。在它们约定的那一天，它带上自己家里剩下的食物，和猴子一起踏上了寻找食物之旅。

作为身手灵活、善于跳跃的动物，猴子非常喜欢趴在其他动物身上。在这次漫长的旅行中，它也同样延续着自己的习惯，先是跳上鳄鱼粗糙的后背，然后站在鳄鱼的身上向它问好。

鳄鱼感觉背上的猴子越来越重，猴子的行为让鳄鱼对前往目的地的决心有些动摇——况且它们两个从来没有去过那个村子。

走了很久以后，它们终于看到一个村子。那里长满了香蕉树、杧果树、鳄梨树、咖啡树等。猴子立即爬上果树，把自己看到的水果告知鳄鱼。此时，鳄鱼体力已经达到了极限，它又饥饿又疲惫。它说："哦，我的侄子！我已经不能再继续赶路了，必须停下来吃点东西，然后再好好地休息一下。"

"哦，我的叔叔，你为什么不提前说呢？这里还有几个水果，现在我们可以把它们吃掉。"猴子说。

它开始采摘树上的果子。鳄鱼在树下忽然看见前方不远处的香蕉树上长有一大串香蕉，而且，这些香蕉已经全部熟透。它给自己的侄子发出一个信号："嘿！我的侄儿，你顺着我指给你的方向看。"

"我的叔叔，你看到什么好东西啦？"猴子问道。

"你看看吧！"鳄鱼说。

猴子从树上跳下来，顺着鳄鱼手指的方向看去；但是，它只看到一些非常青涩的果子。它又走到鳄鱼的身边，以确定鳄鱼指的位置，最后终于发现了那棵长着一串大香蕉的香蕉树。

猴子对鳄鱼说："哈哈哈！我的叔叔，我们有吃有喝啦，还可以尽情地休息，然后，我们再继续旅行。"

鳄鱼也非常高兴地说："非常好，我的侄儿！如果我还年轻，一定有力气爬到香蕉树上，然后把那串大香蕉摘下来。"

"哦，叔叔！你年纪大了，劳累的活儿就让我干吧！我身体轻盈，可以跳得很高。况且，爬上去摘香蕉是一件非常简单的事情。"猴子说。

鳄鱼像以前一样没有坚持自己的意见，它接受了侄子的建议。猴子动作灵活，仅用几秒钟的时间，它便爬上了那棵香蕉树。它找到一个极佳位置，把所有的熟香蕉都吃掉了。

这时，它的叔叔依旧在树下等待着自己的侄子把大串香蕉扔下来。迟迟不见侄子的身影，着急的鳄鱼开始摇动香蕉树了——它确定猴子就在树上坐着。

猴子坐在晃动的香蕉树上对鳄鱼说："叔叔，你再等一下！现在我在找一个避免摘香蕉时让香蕉受到损害的方法。这个工作非常难啊。"

"是啊，我的侄子！有高超的技术你才能走得更远。做事情不要着急，毛手毛脚会把香蕉弄坏的，那样我们就什么也得不到了。"鳄鱼回答说。

一段时间过后，猴子挺着鼓鼓的肚子从树上跳下来，它没有给鳄鱼叔叔一根香蕉，却对它说：

"哦，我的叔叔啊！我觉得我们应该去找其他的香蕉，刚刚那串香蕉太青了，而且上面长满虫子。"

鳄鱼这时才记起猴子善于玩弄诡计，而香蕉又是猴子最喜欢的水果。它开始明白自己的侄子在撒谎。随后，它对猴子说：

“好吧，我的侄子！如果你摘不到那串熟透的香蕉，那么让我来试试吧！”

“好吧，叔叔！你可以上树。让我在这里帮你捡掉落下来的香蕉吧。”猴子说。

鳄鱼开始爬树，它的确爬了一段距离，然后它试图晃动香蕉树，想把香蕉晃下来。地下的猴子有些害怕——它怕鳄鱼知道那串香蕉离奇失踪的原因。猴子慢慢地爬到鳄鱼身后，猛地抓住鳄鱼的尾巴，用力一拉，只听砰的一声，鳄鱼从树上重重地摔在了地上。

全身无力的鳄鱼躺在地上，一时动弹不得。

过了好一会儿，鳄鱼才缓过劲来，它站起来想攻击猴子，可是，狡猾的猴子看到叔叔摔在地上后便撒腿逃走了。猴子放弃旅行，回到自己的村子。既愤怒又痛苦的鳄鱼同样放弃了旅行。这一天，在村子里，鳄鱼遇见了猴子，它立刻开始追赶猴子。行动敏捷的猴子迅速逃到了河对岸。

鳄鱼愤怒地说：“猴子！你这个忘恩负义的东西，我永远不会原谅你。从今天开始我们不再是朋友。你也别想再去河里喝水了，我会在那里一直盯着你；你也别想再跨入河流了，你以后只能从树上跳到河的另一边，如果你想游泳过河，你就会变成我的盘中餐！”

狗和野兔

很久以前，狗和野兔是一对好朋友，唯一的遗憾是它们住在不同地方。狗和人类居住在一起，而野兔则生活在野外。一直以来，野兔都想把自己的家人介绍给好朋友狗先生。终于，野兔的愿望有了得以实现的机会。

这天，狗先生要到野外旅行，野兔把它带回自己家里，并把它介绍给自己的家人。

狗和野兔、野兔的家人共同生活了一段时间，它们之间处得十分融洽；它和当地的那些动物也没有任何分歧，也不歧视任何动物，大家都很喜欢它。

那时，动物们居住的区域没有明确的界线，它们也没有实际意义上的领袖来掌管各种事务。于是，它们决定召开一次动物领袖选举大会。

选举大会将于星期六在乌龟先生家里举行。会议的准备工作由乌龟先生负责并由它主持。乌龟是所有动物中最受大家尊敬的动物，而且它非常聪明、沉着、谨慎，解决任何问题都显得胸有成竹。

星期六一早，乌龟先生家聚集了很多前来参加会议的动物，它们在热切地讨论到底谁能成为动物们的首领。一些动物非常着急，想赶快开完回家，因为它们住在离这里很远的村子里，它们三天前就已经赶到这里了。

乌龟先生来到会议现场，宣布会议开始，请大家为领袖人选提名。许多动物都说出了自己心目中的人选，这其中呼声最高的是狗先生，因为狗和其他动物在一起时总是非常忠诚、有礼貌。

这时，野兔突然站起身来走到乌龟先生身边，问："乌龟先生，对于大家的猜测，我本人有些担心，到底谁能成为我们伟大的领袖啊？"

另一些动物也站到乌龟先生的身边，异口同声地说："唯一有资格成为我们领袖的是狗先生。"

野兔惊呼道："狗？！那是个不讲卫生的家伙！不管在任何地方，只要它看到食物，都会吃个精光！你们竟然要把'皇冠'给这样的动物？"

动物们竟又一次异口同声地回答，大家就是要选举狗先生做动物们的领袖，接着，它们还对野兔发出严厉的警告。没有人再反对狗先生当选了，也没有人理睬野兔的话。因此，野兔觉得自己被大家抛弃了，只好假意接受大多数动物的意见。

但是，为了不让狗先生当选领袖，它想出了一个计策——它要让狗先生落入它设下的陷阱。野兔知道投票即将开始，它向乌龟提出请求，说它有一件重要的事情要做，要先出去一分钟。乌龟先生同意了野兔的请求。乌龟随后说，选举投票涉及每一位动物的权力和利益，任何一位动物缺席，会议都不能进行；所以，一定要等野兔返回才能进行领袖投票选举。

当然，大家却并不知道野兔此时正在谋划一场阴谋。

离开会议现场的野兔开始快速收集腐烂食物，它把所有烂东西装进一个袋子。随后，它把散发着浓烈臭味的袋子拿到乌龟先生的屋后——狗先生嗅觉灵敏，它的本性会让它在会场坐立不安，只要狗先生找到这个袋子，便会落入它的陷阱。

野兔布置完毕，洗了手——不能让大家闻出臭味，否则它们会识破自己的阴谋——随后，它回到会场中。

“嘿！你那么早出去，怎么现在才回来啊？”乌龟先生问野兔。

“乌龟先生，我刚刚在处理一些消化系统的问题，不过，现在都解决了。”野兔对乌龟说。

“好！现在我们继续会议议程。”乌龟对大家说。

狗没能抵抗住从乌龟家房子后面散发出的浓烈臭味。它的本能让它一心想找出那可怕臭味的来源，此时此刻，它觉得这件事于它而言十分重要。出于责任心，它知道自己不该离开会场，但可怕的本能开始蚕食它的内心。

在乌龟先生要宣布动物投票结果之前，狗先生终于按捺不住了，它起身说：“尊敬的乌龟先生，请原谅我打断您的讲话。我感到非常抱歉，但是，请大家允许我离场一分钟！”

乌龟先生说：“哦，狗先生，我们现在要宣布会议投票最终结果，你却对我说自己要出去？你要去哪里？”

狗先生像以前一样非常谦卑礼貌，并且它有着能感动其他动物的能力。它说：“我马上去做一点事情！我不能把这件事放在选举之后，因为如果我没有去履行自己的使命，我的老祖宗看到了会非常难过！”

在迟疑了几秒钟后，乌龟先生允许狗先生离开。狗迅速离开了会场，它开始寻找臭味的发源地，它一边走一边嗅，顺着风吹过来的方向寻找着。突然，它看到一个装满腐烂食物的袋子，它解开袋子，坐在那里开始吃起来。

会场上，动物们开始抱怨狗先生的长时间缺席，它们期待狗先生会马上赶到，却迟迟不见它回来！

一些动物开始着急了，便大声问道：“大家真的要选不称职的狗做领袖吗？它很早就出去了，可到现在也不回来！”

“我已经说过了，那个家伙不能当领导！现在，我们去找它吧。”野兔建议。它知道，一切都已在它的计划当中。

就这样，所有的动物离开会场去寻找狗先生了。为了节约时间，大家分头行动。野兔径直来到它自己设下的陷阱附近，果然看到狗先生正坐在那里吃发臭腐烂的食物。野兔非常得意，它立即转身去寻找其他动物，它要让它们都来看看狗在做什么。

野兔回到会议现场，高声询问其他已经无功而返的动物们：“你们找到狗了吗？”

其他动物回答：“没有！我们没有找到它。我们把整个村子找遍了，也没有看到它！”

这时，野兔打断大家，说：“你们当然找不到它！我刚刚在一个角落里看到它了，它现在非常安逸！”

大家惊奇地说：“快告诉我们它在哪里！有些人扔下自己的家人从很远的地方赶到这里开会，而狗却让我们白白等在这里，我们等它等得已经失去了耐心。”

野兔开始利用这个机会污蔑攻击狗先生，说它并不是动物们最合适、最理想的领袖，接着，它又说：“那个家伙正在乌龟先生的屋后吃所有客人扔掉的食物残渣呢。你们可以去看看，它现在还在吃垃圾。你们能把领袖的位子交给这样的动物吗？”

所有的动物都朝着野兔所说的地方走去。当它们看到眼前的一幕时，大家都目瞪口呆，因为大家看到狗正在吃可怕的垃圾。

但是，仍然有一些动物把信任和希望寄托在狗的身上，它们开始大声呼唤狗的名字。此时，狗先生已察觉到所有的动物在观察自己，它非常难为情；但它不能转过头去，因为那样所有的动物都会看到它肮脏的脸和牙齿。

从那时起，所有的动物都不再对狗抱有期望，它们返回会议现场，达成一致意见——狗不能成为动物们的领袖。它们决定选另外一个动物做领袖。最终，大家选举大象为动物们的领袖，因为它非常忠厚，且拥有异于常人的体力。

那次的事情让狗先生觉得非常难为情，后来它决定不再参加会议了。

乌龟和豹子

乌龟和豹子为了解决它们的单身问题，一起到城里为自己挑选未婚妻。乌龟遇见了酋长的女儿并爱上了她，随后，它把这件事告诉了豹子。

谁料豹子也喜欢酋长的女儿，听了乌龟的话，它只能去找其他姑娘了。但是，酋长是个有野心的人，他期望自己的女儿嫁给一个有钱有势的人。因此他到处说，乌龟只会抓一些蚂蚱，而豹子可以猎杀大型动物，所以他决定把自己的女儿嫁给豹子做妻子。

乌龟不同意这番说辞，第二天一早，它宣称自己要出去打猎，却遭到人们的嘲笑。但这并没让乌龟动摇，它来到一条布满石头和木棍的大路上，安静地待在那里。

一段时间后，两只羚羊出现了。

“乌龟，你在做什么？”两只羚羊问道。

“在把自己的篮子装满之前，我想在这里休息一下。”

“你能拎着篮子回去吗？”两只羚羊嘲笑说。

“为什么不可以？我有能力拎动篮子，即使把你们放在我的篮子里我也拎得动。”

两只羚羊无所顾忌地大笑起来，但是，为了证明乌龟在吹牛，它们主动钻进篮子里。乌龟立刻上前把它们两个捆绑好，并对它们解释说，捆绑它们是为了防止它们在路上掉出来。就这样，乌龟抓住了两只羚羊，随后，它拿起斧头杀死了羚羊。

接着，它请求其他动物帮它将两只羚羊运到酋长的住所。当大家看到地上被乌龟捕获的羚羊时，都非常吃惊。酋长认为乌龟有能力成为动物界最强大的动物，也能给自己提供丰富的猎物；所以，他决定把自己的女儿嫁给乌龟。

也许，人类对动物根本不了解。

女孩、青蛙和王子

从前有一个非洲酋长，他有很多妻子，每个妻子都为他生了一个女儿。一天，酋长的第一个妻子去世了，她的女儿只能和酋长的第二个女人一起生活。可是，这个女人一点也不喜欢这个继女，用尽各种方法虐待她。

女孩负责照料家里的小动物，负责去水井边打水，负责劈柴……总有干不完的活儿等着她。有时，她还要给全家人做饭。糟糕的是，在女孩干完一天累人的活儿时，她的继母却只让她吃家人剩在盘子里的煳锅巴。

空闲的时候，女孩会坐在水井边吃自己找来的食物。剩下的饭菜，她会给住在水井里的青蛙吃。

就这样，日子一天天过去了，直到有一天，隔壁村的一名信使赶来告诉大家，国王即将要举办一个非常盛大的节日派对。

那天下午，女孩拿着继母给她的煳锅巴去喂青蛙，一只很大的青蛙爬出水井对她说："小姑娘，明天有盛大的节日派对。出发前你到这里来，我们会把你装扮成美丽的公主。"

第二天上午，当女孩刚站到水井边时，她的一个姐妹对她说：“没用的东西，你给我滚过来！你竟然不去做面糊饭，不去捣碎那些粮食，不去打水，不去树林里捡干柴！”

女孩只好回去开始干活儿。大青蛙在水井边等了她很长时间。

下午时分，当她的工作全部结束的时候，她赶忙跑到水井边。那只大青蛙还在那里等着她，见她来了便对她说：“哼！我从上午就开始等你，你为什么才来？”

“老朋友，我是一个奴隶。我的母亲去世了，我现在搬到我继母的房子里居住。她总是让我不停地干活儿，却只给我吃他们剩下的食物。”

大青蛙说：“小姑娘，把你的手给我。”

她把手交给大青蛙，然后他们一起跳进水井里。接着，大青蛙把小女孩吞进自己的嘴巴里，然后，又把她吐出来。

它问其他青蛙：“大家好，你们看看她，然后告诉我现在的她是不是变漂亮了。”

青蛙们纷纷议论：“她应该变得再漂亮一些。”

大青蛙又一次把她吞下去，接着又吐出来。

它又问在场的青蛙们：“你们看看她，然后告诉我她是否变漂亮了。”

“现在的她很漂亮啊！”青蛙们低声议论。

随后，大青蛙从嘴巴里吐出衣服、手镯、戒指和一双漂亮的鞋子——一只银鞋一只金鞋。

大青蛙对女孩说："有了这些东西，你就可以去参加盛大的节日派对了。但是，你必须注意：在散场的时候，你要把一只金鞋子留在会场，然后你再回家。"

女孩穿上漂亮的衣服，戴上美丽的首饰珠宝，快速来到节日派对现场。当王子看到她时，他对自己的卫兵说："这个女孩给我留下了深刻的印象。我并不介意她的家庭，快把她给我带过来。"

随后，王子的仆人把女孩带到他的身边，他们两个人坐在一起聊了整整一个晚上。当舞者们开始退场的时候，王子试图阻止她离开，但小姑娘站起来飞奔出去，一只金鞋子落在地板上。

大青蛙已经在水井边等候她多时了，很快他们两个又跳进井里，就像前几次一样，它把女孩吞了下去，然后又吐出来。反复吞吐几次过后，她又变回那个衣衫褴褛的穷姑娘。

与此同时，王子对国王说："爸爸，今天我认识了一位穿着一双金银鞋的年轻姑娘。鞋子一只是金子制成的，另一只是银子制成的。她把那只金子做成的鞋子落在了这里，我想和她结婚。"

随后，国王召集国内所有的姑娘们，问她们谁有一双金银制成的鞋子。

同时，国王命令所有的姑娘前来试穿这只金子制成的鞋子，但他们依然没有找到这只鞋子的主人。

忽然，有一个声音小声说："请你等一分钟，还有一个女孩没来。"大家开始去那住处寻找女孩。就这样，王子看到了自己梦寐以求的漂亮小姑娘。

他径直向她跑过去，帮她穿上鞋子，并把她带回了王宫。

在她将要离开的前夜，大青蛙召集所有的青蛙，对它们说："我的女儿要出嫁了。我想让每只青蛙都为她准备一件结婚礼物。"

随后，所有青蛙都从自己的嘴巴里吐出一件献给女孩的礼物。青蛙们送给姑娘的礼物有桌布、地毯、垫子、布匹和锅碗瓢盆等。最后，大青蛙用尽全身的力气吐出一张银床、一张铜床和一张铁床。

第二天，小姑娘一起床就看到了老朋友大青蛙和一大堆礼物。她恭敬地跪在它面前致谢。

大青蛙对她说："这些礼物全都是送给你的。但是，你必须记住：当你的心感觉悲伤的时候，你就躺在铜床上；当你的心感觉安静的时候，你可以躺在铁床上；当王子前来探望你的时候，你要躺在银床上；当你丈夫家的女人前来问候你的时候，你要给她们两盒核桃和一万块钱，让她们去买花，再给她们一袋玉米粉去做玉米糊糊粥；但是，如果你父亲的女人和他们的女儿问你住在国王房子里的情形时，你必须对她说：'我在那里过得很好。'"

一天，继母和她的女儿前来探望女孩，并询问她的生活状况。她记起大青蛙的话，回答说："哦！我过得很好。这里的女人前来向我问候时，我会用蔑视的态度，用'呸！'来回答她们。其他妃子对我嗤之以鼻的时候，我也会向她们示威。当我的丈夫回家的时候，我就会对他大喊大叫。"

知道这些后，继母便把自己的女儿留在那个房子里，命令女

孩和她一起回到自己家里去。

第二天上午，当王宫的女人们前来问候女孩时，继母的女儿大声冲她们说："呸！"当妃子前来看望女孩的时候，继母的女儿对她啐口水。王子来的时候，她对着他大喊大叫。

王子觉得非常蹊跷。他走出房间，召集家中的女人问道："大家注意！我叫你们过来是想问一个问题：我的新婚妻子对你们怎么样？"

她们抱怨说："以前，我们每天上午去问候她时，她会给我们两盒核桃和一万块买花的钱。后来，她给我们每人一盒核桃和五千块钱，外加一袋子做玉米糊糊粥的玉米粉。现在，她却开始用'呸'字相迎，还对我们啐口水。"

"是啊！以前她看到我的时候总是礼貌相迎，现在她却总是对我大喊大叫。我觉得有人在冒名顶替我的妻子。"王子说。随后，他召集士兵一起走进房间，把滥竽充数的女人赶走了。

后来，士兵们来到女孩继母的家里，找到女孩后，把她送回王子身边。

后来，她给自己的丈夫讲述了青蛙帮助自己的故事，并请求他给住在她家附近的大青蛙和其他青蛙们建造一口大水井，可以让大大小小的青蛙居住在里面……

猴子和野兔

猴子和野兔曾经是好朋友。它们像亲兄弟一样住在一起。

有一天，猴子看到野兔正在睡觉，便嘻嘻笑着用力拉扯野兔的耳朵。

野兔从睡梦中醒来，觉得非常难受，心里也很不高兴。它觉得非常痛苦，所以一直没和猴子说话。

猴子见此情况，赶忙请求野兔原谅自己。它说：

“哦，我的朋友，别生气，我只是想把你的耳朵伸展开。”

但是，它说这话时喜笑颜开。

野兔回答说：“没关系。”

几天后，野兔看见猴子躺在一棵大树下鼾声如雷地睡大觉。野兔自言自语地说：“现在该轮到你了。”

野兔爬上树，用力从树上跳了下来，正好落在猴子的尾巴上。惊醒过来的猴子心里也很生气。

当它知道是自己的朋友野兔所为时，猴子不知道该说些什么。而野兔却说道：

“哦，朋友，你不要生气！我以为你的尾巴是一条蛇，所以我才会那么做！”

当猴子听到朋友的话时，一句话也说不出来。

豹子、鹿和猴子的故事

豹子夫人父母的家离豹子家很远。

有一天，豹子请求鹿先生陪它一起去看望岳父母，鹿先生同意了。它们手里拎着一壶棕榈果酿制的果酒起程了。它们走啊，走啊，到了一块田地边。

豹子先生对鹿先生说："你看见那块田地了吗？田里种植的番石榴树都是我岳父母的。一会儿，我们可以吃一些番石榴；不过，我们只能吃青涩的，长熟的要留给田地的主人。"

它们来到番石榴地里，鹿先生按照豹子的建议只摘青涩的果子。豹子先生在确认田地里视线昏暗后，便立即爬上树去享用已经成熟的番石榴。

它回到地上，叹息着说："哎！鹿先生，那些番石榴也太青涩了。"

"豹子，你是说那些水果没有成熟吗？"

"是啊！刚刚我在和你开玩笑，难道你真的吃了没有成熟的番石榴？"

它们两个继续旅行。接着，它们又看到另一块田地。

“你看到那甘蔗林了吗？它也是我岳父母的。但是，我们只能吃一些细小的甘蔗，大甘蔗要给主人留下。”

鹿先生听从了豹子的话，而豹子先生却钻进甘蔗林肆无忌惮地吃着美味的大甘蔗。

“哎呀，鹿先生，你的嘴唇上有伤口呀！”

“豹子，我吃的都是细小的甘蔗，所以，我的嘴巴上有伤口……”

“鹿先生，你是不是傻？刚刚我在和你开玩笑，你真的吃了细小甘蔗？好了，我们继续赶路吧。”

它们走啊，走啊，现在，它们面前出现了一片灌木丛。

“你看到那片灌木丛了吗？对了，我的岳父母家里没有吃饭的勺子，所以，我们要把自己的勺子埋在这里，以免被它们抢走！”

鹿先生在豹子指定的地方把自己吃饭用的工具全部埋藏起来。

它们又走了一段时间。

“嘿，鹿先生，我的岳父母非常不懂礼貌。当它们说‘我酷’[①]的时候，你不要回答它们‘我洛’[②]，而要对它们说‘比奥库库’[③]。它们问好的时候，你不要向它们问好。当它们想要收下

① 我酷：是安哥拉金班杜语 Uohoco 的音译，是大家见面时的礼貌用语，类似于“您好，欢迎您”。

② 我洛：是金班杜语 Uolo 的音译，意思是“很高兴认识您”“欢迎”等。

③ 比奥库库：是金班杜语 Viococo 的音译，意思是“厌烦，讨厌”“别叨扰我”“滚走！”等。

我们带来的果酒时，你要把果酒放在地上。随后，我也会跟着你做一次。这样我们便可以揭露它们厚颜无耻的行为。”

“好的，豹子。”

当它们抵达目的地的时候，孩子们高兴地喊叫着：“姐夫，姐夫！……鹿叔叔，鹿叔叔！……”家中最年长的老者向它们问候：“我酷！”

鹿先生依照之前的约定说：“比奥库库！”

当豹子夫人的家人试图接过果酒的时候，鹿故意把东西放在地上。随后，在场的所有人都在背后指责它。

吃饭的时候，豹子先生让鹿先生去拿一些勺子。它乘机风卷残云般把所有的食物都吃掉了，然后把水倒在地上。

“鹿先生，你的动作也太慢啦！你看见地上那些水了吗？它们把东西全吃光了……它们吃完之后，还在这里洗了洗手。我一口饭也没有吃到啊！鹿先生，没办法，我们只能等明天再吃饭啦。”

“没关系，豹子。我们等明天再吃吧。”

晚上，大家都在睡觉，豹子先生来到畜栏里杀死几只羊，并吸干它们的血。奸诈的豹子吃完羊肉，并没有回到自己的房间，而是来到鹿先生的房间，在鹿先生的身上抹上羊血。

第二天上午，鹿先生迟迟没有走出自己的房间，几个孩子去叫它起床，接着大叫起来：“啊！鹿叔叔全身都是血！”

看到房间像一个屠宰场，大家愤怒地说：“啊！原来它是杀死羊的罪魁祸首！”大家打了鹿先生一顿。

又过了一段时间，豹子先生又邀请猴子先生陪它到岳父母家去，猴子接受了邀请。在出发的日子里，它们各自拿着一壶棕榈果果酒。

它们抵达第一块农田的时候，豹子说：“你看到那块田地了吗？”

“是的，豹子，我看到了。”

“那块番石榴地是我岳父岳母的田地。我们可以去吃一些果子。但是，我们只能吃没有长熟的番石榴，长熟的番石榴要留给田地的主人。你听见了吗？”

“豹子，吃生番石榴这件事，你不用特意告诉我。我早就知道成熟的番石榴要留给主人；再说了，我也不喜欢吃熟番石榴，成熟的番石榴实在是太甜了。我喜欢吃青涩的，而且，青涩的番石榴也没被小鸟啄过。”

它们来到番石榴林后，豹子先生想帮猴子摘番石榴。

“豹子，摘番石榴是一件很累的工作，你不用帮我了。”

豹子先生在场的时候，猴子先生只啃食一些青涩的番石榴。

但是，当它看到豹子离开后，它便轻盈地跳到树上，安逸地趴在树上品尝成熟的番石榴。与此同时，它看到豹子先生也在做同样的事情。

“你吃成熟的番石榴了吗？”豹子先生疑惑地问。它看到猴子手里拿着一个成熟的番石榴。

“哦！我只是想拿个成熟的番石榴看看，我吃的都是青涩的番石榴。你看，我把果酒壶放在这里了。我们出发吧！我年纪小，你不要生气啊！”猴子狡猾地说。

后来，一块甘蔗地出现在它们眼前。“你看到那片甘蔗林了吗？同样也是我岳父母的。我们可以去那里品尝一下。但是，我们只能吃细小的甘蔗，大甘蔗要留给我的岳父母。你听到了吗？”

“豹子，我已经知道了……说实话，我也不喜欢吃甘蔗，味道太甜！我非常喜欢吃芦苇秆，味道太鲜美啦！”

当豹子先生在它身边的时候，猴子只挑细小的甘蔗吃。但是，当豹子一离开它的视线，它就立即吃起粗大的甘蔗来。

“猴子先生，你吃到大甘蔗了吗？”豹子问道。

“哎呀！细小的甘蔗划伤了我的嘴巴，我什么也没有吃到啊！你看看，我把果酒壶放在这里了，我们上路吧！”

“啊，猴子先生，刚刚我在和你开玩笑！你不要生气啊！”

它们又一次上路了，一片灌木丛进入它们的视线。

“猴子，我们去灌木丛把我们的勺子藏起来吧。我岳父母家里没有勺子，它们会向我们索要勺子的。”

“是啊，豹子，现在我们去把勺子藏起来。我们了解它们的习惯后，应该特别小心。豹子，我说得对吗？”猴子假装把自己的勺子藏在灌木丛里。

又走了一段路后，豹子岳父母的房子就出现在它们眼前。

“猴子先生，那家人非常没教养，当它们对你说‘我酷’的时候，你不要回答它们‘我洛’。一定要对它们说‘比奥库库’。当它们向你问好的时候，你也不要回答它们。它们想要接过果酒壶时，你把酒壶放在地上。听到了吗？”

“好的，豹子，我一定会好好教训它们一顿。我也会把那壶果酒摔碎。有一件事我已经酝酿很久了，你看我怎么对付那些没教养的家伙！”

当它们到达目的地时，小孩子们对着它们大叫：“姐夫！姐夫！猴子叔叔！猴子叔叔！……”

猴子看着孩子们微笑起来。

年长者对它们说：“我酷！”

猴子先生恭恭敬敬地回答：“我洛！”

当豹子岳父母的家人伸手接果酒壶的时候，猴子非常乐意地交给了它们。

豹子先生低声责备道：“嘿，为什么不按照我教你的方法去做啊？为什么不把果酒壶放在地上啊？”

“豹子，我不喜欢和它们说话！我想立即走掉，所以，我直接把那个酒壶给了它们，现在我可以离开了吗？”

“嘿嘿嘿！你闭嘴！不要说话啦！”豹子生气地说。

到吃饭的时候，豹子先生让猴子出去拿勺子：“你快去拿勺子吧！但是，不要像鹿先生那样磨磨蹭蹭，你到客厅里找找。你看，在家里吃饭的人很多……不然，我又要像上次那样忍饥挨饿啦。”

猴子刚一离开，豹子先生立即开始大口喝大豆汤，大口吃玉米粉和肉块。猴子先生通过门缝看到里面的一切，它跳了进来，站在豹子先生的身边抱住它的胳膊。

“豹子，我看你已经吃了四块肉了！现在，我也应该吃四块肉！”

“不，猴子，我刚刚是在试吃！……嗯嗯嗯，你不要着急吃饭！”

“豹子，你知道我的，食物在哪里，我的腿就在哪里。任何人都不能让我改变！”

深夜，大家都已经就寝，豹子先生又来到畜栏里杀死几只羊，并吸干它们的血。

猴子生性机警，它听到动静后，立即起床查看。它跟在豹子身后，看到了一切。吃完羊肉后，豹子故伎重施，悄悄潜入猴子的屋子，却发现猴子不见了，只得回到自己屋中睡觉。等豹子睡着后，猴子走进去将收集到的羊血全倒在豹子的身上。

第二天一早，当有人愤怒地大叫“有人杀了羊！有人杀死了我们的羊！”时，猴子先生立即赶到了现场。但是，豹子却没有出现。小孩子们冲进豹子的房间准备叫醒它，却惊奇地喊道：“啊！姐夫身上都是血！姐夫身上有羊血！”

愤怒的家人对着可恶的豹子一顿暴揍，那是一场非常惨烈的暴揍。

“我们错怪了可怜的鹿先生，没想到杀死羊的罪人竟然故伎重演，再次杀死几只羊！”

母鹿和小鹿

母鹿女士为了友谊，邀请自己的教父小鹿先生到家里做客。

小鹿来到母鹿的家里，母鹿女士对它盛情款待。几天后，它对母鹿女士说："你知道吗？我喜欢上了你的妹妹！"

"如果你喜欢它，我会为你们安排一次约会。"母鹿回答说。

母鹿女士把小鹿喜欢上妹妹的事情告诉家人，小姑娘也点头愿意和小鹿先生交往。接着，小鹿开始和它谈恋爱了。

又过去两天，母鹿女士告诉小鹿自己要去上班。小鹿为了继续留在母鹿家里，便假装生病了。

母鹿女士只好推迟自己的行程。

小鹿先生继续卧床装病，母鹿便请来巫医为它看病。

但是，巫医们在诊断之后，都说："那个家伙在装病！"

母鹿请求小鹿说：

"我的好朋友，经过大夫诊断，你并没有生病！你还是赶紧离开吧！"

小鹿气喘吁吁地说："好朋友，真不好意思！我的身体不允许现在起程。”

一天天过去了，看起来，小鹿病得奄奄一息了。

母鹿女士把它裹在席子里假装要去安葬它。临走之前，它轻轻伏在小鹿的耳边说：

“好朋友，我们现在就要去埋葬你了，你为什么还没有醒过来啊？”

“啊！你们要把我埋掉？！真的非常抱歉！”

“为什么非常抱歉啊？你没有偷东西没有犯罪，也不欠任何人东西……”

“真的非常抱歉，你不用理会我的死活。”

小鹿的身体被安放在袋子里。下葬的时候，母鹿女士慢慢地把小鹿放进墓穴。

“好朋友，我们现在要把你安葬，你听见了吗？”它最后一次小声说道。

“我已经说过了，你可以把我埋葬！真的非常抱歉啊！”

“可是，你为什么总说抱歉呢？你没有犯罪，也不欠任何人……我们要离开了，你不要那么傻！你现在已经死掉了吗？”

“是的，我已经死了！真的很抱歉！”

看见小鹿如此固执，母鹿女士便用力摇晃着自己朋友的身体；但是，它没有给出任何反应。

为了完成葬礼仪式，母鹿命令自己的助手去把小鹿埋掉。

但是，母鹿的家人极力反对它这样做。“啊！小鹿只是喝醉或者身体不适，我们怎么能把它活埋呢？”

突然，小鹿走出墓穴，站在一边固执地说自己真的已经死掉了！直到最后，小鹿也没承认自己装病，而是固执地坚持去做错误的事情。

小鹿的一句“抱歉”，是否能让它免受活埋的厄运？它知道自己做错了，为什么不勇于承认呢？

兔子和猴子

猴子去找自己的朋友兔子，对它说："狮子奶奶是一名残忍的猎手。为喂养它的孩子，它杀死我们很多同类。我们同样要去杀死它和它的孩子。"

兔子觉得这是一个很好的主意。但是，当它们来到狮子面前时，才知道这主意真不怎么样。

"哎，狮子奶奶，请你先不要吃我们，我们还是年幼的孩子，肉太少不够你吃！如果你饿的话，我们去帮你找更大的猎物，比如公牛爷爷、野猪大叔以及其他大型动物……"兔子和猴子恳求说。

狮子同意了。

"狮子奶奶，当它们抵达这里之前，你应该在身上放一些稻草装死。"猴子建议说。

它们两个走出大门，开始拍打巴图克鼓并高声唱道：

狮子奶奶死掉了，我们自由啦。

狮子奶奶死掉了，我们自由啦。

狮子奶奶死掉了，我们自由啦。

动物们听到这个消息，非常高兴，它们聚在狮子的房间里跳舞庆祝。

“啊，狮子奶奶去世啦！我太惊喜了！简直不敢相信！”

大家都围着草堆尽情地跳舞……兔子和猴子敲着坚硬的巴图克鼓离开了房间，把房门关紧。

此时，狮子突然从稻草堆上站起来，大叫着屠杀了屋子里所有的动物。房间瞬间变成一个屠宰场。可当狮子再看见猴子和兔子的时候，它又一次决定要杀死它们。

“奶奶，你不要杀死我们，我们可以帮你捡干柴烤这些肉！哎呀，难道你不想有人帮你吗？”猴子建议道。

狮子同意了，它们便去野外找干柴。

但是在野外，它们遇到蟒蛇，蟒蛇也想吃掉它们。

“蟒蛇爷爷，请你不要吃我们。我们可以送给你一个体型像你一样庞大的动物。我们还是孩子，身上的肉也不够你吃。”猴子哀求道。

蟒蛇点点头。

猴子和兔子又来到狮子的住处，对狮子说：“狮子奶奶，我们两个捉到了蟒蛇爷爷给你做食物。你最好跟我们走一趟吧。”猴子说。

狮子跟着它们来到蟒蛇的住处。当它们抵达的时候，猴子对蟒蛇说："蟒蛇爷爷，我们给你带来一个像你一样大的猎物。"

蟒蛇从洞里爬出来，很快杀死了狮子。

"狮子奶奶家里有很多肉，我们去给你烹饪。"猴子邀请蟒蛇说。

它们三个来到狮子的家里，兔子和猴子把干柴放在地上。

"蟒蛇爷爷，我们需要火种，大家一起去田地里找火种吧。"猴子说。

当人类看到蟒蛇的时候，吓得四处逃散："蟒蛇！蟒蛇！"

猴子拿起人类遗留下的火种，对蟒蛇说："蟒蛇爷爷，你可以点火啦。"

蟒蛇的头上和尾巴上都是稻草，它先点燃头上的稻草，然后又点燃尾巴上的稻草。随后，大火烧死了蟒蛇，猴子和兔子趁机逃跑了。

村子里的老鼠

居住在村子里的老鼠们厌烦了整日被猫追赶的生活，它们总是看着自己的同类死在猫嘴里。于是，它们决定召开一次大会。会议的议题是如何让猫灭绝。

经过激烈的辩论之后，大家终于取得了一致的意见并想出了一个解决办法：在猫脖子上挂铃铛。当猫攻击老鼠的时候，它一跑动，铃铛声就会响起，老鼠们就可以立即逃跑。这样，用不了多久，吃不到食物的猫就会死掉了。这真是个好办法！所有的老鼠都同意这个方法。

会议主席说："我们成功地想出了好办法，现在该谈执行问题了。谁愿意当第一个把铃铛挂在猫脖子上的志愿者呢？"

老鼠们相互看着对方，却没有一只老鼠愿意去执行这个光荣任务。

所以直到今天，老鼠依然很难逃脱猫的追捕。

狮子爷爷的池塘

狮子爷爷召集所有的动物来开会，对它们说："我们需要在附近建造一个大水塘。大家要努力挖掘，等雨季来临时，水塘里就会积满水。"

动物们觉得这是个好主意，于是每个动物都拿着自己的锄头开始劳动。

到了雨季，大水塘被雨水填满，狮子爷爷再一次通知大家："你们可以来水塘喝水了。"

尽管兔子并没有参与挖掘水塘的工作，它却第一个拿着葫芦前来取水。它装满一葫芦水，又装满第二葫芦水，接着是第三葫芦水。直到装满第六葫芦水才作罢。可随后，它竟跳进池塘里嬉戏。

兔子在池塘里一边嬉戏一边说道：

"如果我用车运水，池塘很快就会干涸。"

其他头顶葫芦的动物看到池塘的水那样浑浊，便到狮子爷爷家告诉它发生的事情。随后，狮子爷爷命令身手敏捷的小鹿去看守池塘。

当天下午，兔子又拿着自己的葫芦来取水。它装了一次又一次，并一次次把葫芦里的水倒在地上。最后，它再一次跳进池塘里洗澡。

“我们用车运水，池塘会干涸；我们运输水，池塘会干涸。”它依旧在池塘里嬉戏。

小鹿觉得自己应该先藏起来，然后，它唱着歌通知其他的同伴：

尽管你很聪明，我们会抓住弄脏水塘的家伙！
尽管你很聪明，我们会抓住弄脏水塘的家伙！

聪明的兔子则躲在水中，模仿着狮子爷爷的声音唱着回答：

我们的孩子，让它尽情地毁掉池塘吧！
我们的孩子，让它尽情地毁掉池塘吧！

小鹿把事情告诉狮子爷爷，狮子说自己没有说过那样的话。随后，它把小鹿替换下来，又命令母鹿女士前去看守。

母鹿来到池塘边，兔子依旧在用葫芦装水，又重复着自己往常的动作。

母鹿也用歌唱的方式通知自己的同伴们：

尽管你很聪明，我们会抓住弄脏水塘的家伙！
尽管你很聪明，我们会抓住弄脏水塘的家伙！

同样，兔子再一次模仿狮子的声音说：

我们的孩子，让它尽情地毁掉池塘吧！
我们的孩子，让它尽情地毁掉池塘吧！

母鹿向狮子爷爷抱怨，同样，狮子依旧否认自己说过那些话。

随后，狮子爷爷又命令另外一个动物前去看守，可结果依旧。接着，一个又一个的动物被派去看守池塘，但是没有例外，它们都落入了兔子的圈套。

乌龟没有选择回避，它主动站出来要接受这项看管水塘的任务。

“啊！你想去看守池塘吗？所有长犄角的动物都失败了，你难道认为自己比它们更强大吗？”狮子爷爷笑着说。但乌龟执意要去执行这个任务。

与前几次一样，兔子在装完水之后，开始在池塘里嬉戏玩耍。随后，它听到乌龟在唱：

尽管你很聪明，我们会抓住弄脏水塘的家伙！
尽管你很聪明，我们会抓住弄脏水塘的家伙！

兔子早已经想好如何回答了，但是，乌龟却游进水塘钻到兔子身体的下面，将兔子的头顶出水面。兔子不能再模仿狮子爷爷的声音了，它被动物们擒住，来到狮子爷爷的身边。

狮子爷爷要给它安排一个艰巨的任务，它却趁机溜走了。

从此以后，兔子再也没在大家面前出现过。

兔子和乌龟

兔子和乌龟是一对很好的朋友。有一年，它们约定一起种植大豆——当大豆成熟时，它们还可以在一起将收获的大豆做成美味的大豆饭。

这一天终于来了，它们做好了美味的餐食。兔子说道："好朋友，我想起来了，我还要给人带个口信。我马上回来，请你稍等一下。"乌龟承诺会等它回来一起吃饭。

兔子走出几米远后，穿上一件燕尾服，开始把石子扔向自己的朋友。

乌龟看到石子纷飞，感觉非常害怕。为了避免被石子砸中，它放弃了香喷喷的大豆饭，跑了出去。随后，兔子返回屋子独自吃完大豆饭。接着，它脱去自己身上的燕尾服。

当乌龟回来的时候，兔子问它屋内一地的石子是怎么回事。

乌龟请求兔子原谅，它说："也许，是那只讨厌的猴子在捣乱。"

"也许是吧！"兔子摆出一副无所谓的样子。

随后的几天，兔子总是用同样的手法独自享用美味的大豆饭。后来，乌龟开始怀疑兔子，因为它总是在同一时间出去传递口信。

再发生同样的事情时，乌龟假装躲避石头逃了出去。它偷偷地藏在灌木丛后面，静静地观察——它终于知道是谁扔的石头了。气愤之余，它决定效仿兔子的做法。

乌龟对兔子说："好朋友，自从我们收割了大豆，还没有祭过祖。它们居住在河里，也许，就是它们的灵魂向我投掷石头。我们还是把大豆扔到河里吧，一来可以寄托我们的哀思，二来可以避免再次被石头砸。"

兔子非常迷信，听到"灵魂"的时候心里充满恐惧。它立即同意了乌龟的建议。接着，乌龟跳进河里，独自把豆子吃完。随后几天，也都是这样。

吃不到大豆的兔子渐渐不喜欢这种祭祖的方法了。产生怀疑的它往河里撒豆子的时候，故意把豆子挂在鱼钩上。当乌龟潜入水中吃豆子的时候，把鱼钩也吃了进去，接着，兔子把它钓了上来。

从那时起，它们之间的友谊就终结了。

狼和野羊

有一天，一只野羊对狮子说："有一位狼先生在法院工作，它想到这里探望我。"

"你如何看待这件事啊？"接着，野羊问狮子。

狮子说："你太天真啦！难道你不知道它会吃你吗？不过，你和我待在一起，它肯定不敢吃你！"

那天夜里，狮子躲在野羊的洞穴附近。没过多久，它便听到说话声："亲爱的野羊女士，你在吗？"是狼的声音。

"我在，你想干什么？"狮子模仿野羊的声音回答道。

"我想和你组成一个团队，像之前我们说好的那样。"

与此同时，狼慢慢地走进野羊的洞穴，想出其不意地抓住自己的猎物。但是，另一边的狮子猛地跳出来袭击了它。受惊的狼只能用最快的速度逃跑了。

第二天，野羊看到狼身上有很多伤口，问它到底发生了什么事情。"你怎么会不知道呢？！我只是想和你开个小玩笑，现在却成了这个样子！"

从那天起，狼再也不在晚上去找野羊了，因为它害怕被再次攻击。

直到今天，狼也不知道如此瘦弱的野羊为什么总是敢于在夜间出没。

小白兔

早上，一只小白兔在菜园里拔了一棵白菜准备做菜汤。它回到家，发现房门不知被谁从里面锁起来了。

它敲门说："我是小白兔，这是我的家，我从菜园里拔了白菜要做汤喝。"

房间里发出一个声音："我是一头山羊，跳跃的高度是你的三倍。"

小白兔伤心地哭了起来。

屋外，一只狗看到了它。狗问它："小白兔，你怎么啦？"

"今天一大早，我去菜园拔白菜做汤。当我回到家里的时候，一头跳跃起来比我高三倍的山羊占了我的家。"

狗回答说："我不能帮你，我怕山羊。"

小白兔继续边走边哭，接着，它遇到一只公鸡。公鸡问小白兔："小白兔，你怎么啦？"

"今天一大早，我去菜园拔白菜做汤。当我回到家里的时候，一头跳跃起来比我高三倍的山羊住在了我家里。"

公鸡回答说："我不能帮你，因为我怕山羊。"

小白兔继续边走边哭，碰到一头母牛。母牛问小白兔："小白兔，你怎么啦？"

"今天一大早，我去菜园拔白菜做汤。当我回到家里的时候，却有一头跳跃起来比我高三倍的山羊霸占了我的家。"

母牛回答说："我不能帮你，因为我也怕山羊。"

小白兔不知道怎样才能要回自己的家，它越来越伤心，哭声也越来越大，直到它碰见一只蚂蚁。蚂蚁问道："小白兔，你怎么啦？"

"今天一大早，我去菜园拔白菜做汤。当我回到家里的时候，一头跳跃起来比我高三倍的山羊住在了我家里。"

蚂蚁坚决地说："我去帮你解决这个问题。"

蚂蚁和小白兔一起来到小白兔家门外。它们在外面敲门，然后听到里面回答说："我是一头山羊，跳跃的高度是你的三倍。"

"我是一只蚂蚁，可以把你的肠子拉出来，然后在你的肚子上钻个洞。"

接着，蚂蚁从门锁的孔洞里钻了进去，咬死了山羊。随后，它打开房门让小兔子进屋做白菜汤。

小白兔邀请蚂蚁住在自己家里，蚂蚁同意了。从此以后，它一直和小白兔住在一起。

狮子和野兔

野兔不知道怎样才能还清欠自己朋友的债。

再三考虑之后，它决定去找最富有的狮子帮忙。它没有绕圈子，直接跪在狮子的面前说："您是我最好的朋友，狮子，求您借给我一头牛。我有一些陈年老账要偿还。"

狮子问了它几个问题，最后同意借给它一头牛。

野兔带走那头牛，杀死牛之后，它把牛肉切成小块，然后拿着牛肉去还清了自己欠下的旧债。

一年过去了，第二年的雨季并没有如期而至。很多动物和植物都死掉了，河水水位也下降得很快，大部分水源地如湖泊、池塘等都干涸了。

狮子也受到旱灾的威胁，食物严重短缺。它想起野兔曾找它借过东西，因此去兔子家里索要之前借给它的一头牛。

狮子在一条快要干涸的河道附近找到了野兔，它正在吃干草。

狮子向野兔问好并说明自己的来意。

野兔回答说：“我亲爱的狮子，请您原谅我，我今天无法偿还您的债务。您也看到了，大家的日子都不好过。但是，您不用担心，明天我一定能还清。”

第二天，野兔在癞蛤蟆的帮助下找到一口泉眼。

随后，野兔来到羚羊群中，对羚羊们说：“我的先生们，你们在这里干什么？”

羚羊们口干舌燥地回答：“你不知道我们在找水吗？”

“你们跟我来。”野兔带着它们来到自己发现泉水的地方，对它们说石头周边有饮用水，“那里有清凉的泉水，但你们不要把水喝光。”

野兔又迅速找到狮子，对它说：“朋友，请跟我来。”

“怎么了？”狮子问。

“请您到泉水边，您可以在那里看到我偿还给您的东西。”

公主的婚礼

漂亮总是与安蓓娜公主结伴而行——所有美丽动人的特征都集中在她身上：细长的脖子、圆润的脸庞和匀称的身材。

安蓓娜的父王总是笑着面对世界。每次见到女儿他都很高兴，认为女儿到适婚年龄时一定会不愁嫁。

几年之后，安蓓娜公主变得更加漂亮，美丽的装扮也为她增添了更多的韵味。她穿着美丽的五颜六色的丝绸服装，戴着项链和耳环，雍容华贵。

安蓓娜的美丽被人们到处传颂，以至传遍整个非洲大地。后来又通过大海传到天上，住在很远地方的男人们也不远万里赶到她居住的地方想亲眼看看公主的芳容。

第一批想迎娶公主的是火和雨水。雨水来的时候有些躲躲藏藏，它拿着两匹用纯丝制成的肯特布[①]献给美丽的公主殿下。

安蓓娜心里非常高兴，她高兴地接见了自己的第一个追求者。公主看到它全身湿答答的，身体有一种丝滑的感觉，说话的声音

① 肯特布：一种流行于加纳的布匹，在古代这种布只为国王提供。

像是流水在唱歌……忽然，动人的歌儿在她的耳边响起：

美丽的你像小鸟一样温柔地散步，
你可以把水带回自己的巢穴……

“美丽的安蓓娜，期待你的消息。期待你能来到布基纳法索的大草原，祈祷你能来到几内亚湾。在科特迪瓦的森林里，我是最强大的。是我让植物们生长，是我为大家提供成倍的青草，是我让庄稼丰收在望。人们都在感谢我。在河里和清澈的湖泊里生活着无数的鱼儿，你可以在湖里游泳、钓鱼。”

雨水的话就像一段段美妙的音符飘进了安蓓娜的耳朵里，她孤独的心从未像现在这样温暖。随后，她答应了雨水的求婚。

她让雨水明天再来一次，在这之前她将把所有的细节告诉自己的国王父亲。

可是，在安蓓娜同意嫁给雨水先生的同时，国王也答应了火先生的请求。

这第二位求婚者也想牵手美丽的公主。火向国王进献了很多华丽的衣服，布料非常细腻，它对国王说：

“我的国王，众所周知，从布基纳法索的草原上到几内亚湾的沙滩上，甚至是在多哥的植物园以及科特迪瓦的大森林里，我是最强大的。我可以驱逐危险的动物，可以做饭烧菜，可以照亮无尽的黑夜，在寒冷的季节还可以温暖人们的身体。你想想，谁能给你漂亮的女儿提供这些优厚条件呢？请把她嫁给我吧！”

国王对这位求婚者的印象非常深刻，况且按照规矩，嫁女儿时可以得到很多的可可果。于是，他答应了火的请求，说他会告知自己的女儿，让火第二天回到这里商谈具体细节。

随后，国王唤来女儿，并告知她自己的决定："我已为你找到一位如意郎君！"

"爸爸，怎么回事啊？"

"我已经答应火先生把你嫁给它！"

"你让我和火结婚？可是，我已经同意嫁给雨水先生啦！"

事情变得非常混乱，国王非常担心，他试图找出解决方法，因为公主也不想背弃自己的诺言。

"我们不能违背自己的承诺啊！否则以后我该如何面对我的子民？也许，只有用这样的办法啦！"国王坚定地说。

第二天上午，天空并不是很晴朗，当太阳从地平线上升起时，火和雨水来到国王的土地上。不大一会儿，它们两个来到宫殿拜见国王。但是，它们两个并不知道对方的想法。国王看到它们到来，立即起身迎接，告诉它们已经敲定了自己女儿出嫁的日期。

"我和她的婚礼日期吗？"火和雨水同时问道。这时，它们两个才意识到其中的问题。

国王急忙说："安蓓娜公主只会嫁给胜利者，所以，婚礼当天，你们要通过跑步比赛决出胜负！"

火和雨水即将举行比赛的消息在各地迅速传播开来，又像火蛇一样引来迅疾而热烈的讨论。在整个西部非洲，人人都在猜测公主将牵手哪位英雄。一些人认为火会取胜，另一些人则认为雨水会获得命运的垂青。

安蓓娜公主殿下希望比赛结果能如她所愿，因为她只想嫁给自己心中的如意郎君——雨水。她不愿意做出违背内心的事情。

但是，她不能和任何人分享这个秘密。她怎么能对抗父王的命令呢？如果他受到伤害，会让她变得悲伤，悲伤会慢慢地摧毁她的美丽。

出嫁的日子到了。那是一个欢乐的日子，整个王国都因为比赛和婚礼而装饰一新。大家都在期待最终的比赛结果。

国王发出命令，雨水和火开始努力奔跑。每一面覆盖着黑羚羊皮的手鼓都在不停地响着，喇叭和小号也向空中发出响亮的声音，它们在鼓舞、催促着比赛中的选手。所有的地方好像都在歌唱：

我想听你敲鼓，我想感觉到你舞动的脚步。
我想听你打鼓，我想感觉到你跳动的脚步。

火即将获得胜利了，因为一股风帮助了火，使它的火焰变大数倍，所以奔跑的速度更快了。雨水已经筋疲力尽，当它想喷射出更多水珠的时候，它的身体变得更加沉重，而且很多水滴落在地上立即就消失了。

火领先了，它把许多灰烬留在自己身后，灼热的灰烬烧烤着大地，它几乎快要成为胜利者了……但是，在它快要抵达终点的时候，却突然出现一些佩戴祭祀面具的巫师，老百姓们拥挤在一

起，朝着天空发出震耳欲聋的吼声。

剧烈的雷鸣声从海湾边传到大山的脚下，声音持续在空中回荡。随后，一场极其罕见的大暴雨倾盆而下。雨帘就像疯狂地奔跑在大草原上的大象一样。一时间好似世界上全部的雨水，全都快速、闪亮地砸在树叶上，啃咬着石头，捶打着地面。

火无畏地往前奔跑，它距离比赛终点只剩下几米了。但最终，雨水成了比赛的冠军！

最幸福的人莫过于安蓓娜公主了，她从未感觉到如此的幸福。她展开双臂紧紧地抱住天上的雨水，此时此刻，她感到了从未有过的快乐。她回忆着雨水的胜利，体味着胜利的喜悦。大家尽情地舞蹈，手鼓的节奏越来越快，那声音持续了整整一个晚上。

从那天起，火和水成了不共戴天的仇人。

直到现在，人们仍然保持着这样一个传统：每次天空中下起大雨时，人们都会停下脚步在雨水中尽情地舞蹈，所有人都仍然记得安蓓娜公主的婚礼。

河里的鱼和孩子们

从前，有一个女人，她为了生计必须到田里干活儿。

一天，她把熟睡的儿子放在地上就去田里干活儿了。没多久，天空下起了瓢泼大雨，雨水带走了躺在地上的孩子，把他冲到一条河里。

女人回到村子里把发生的事情告诉了她的丈夫。

丈夫对她说："你要找回我们的儿子。"

女人又回到田地附近的小河边，大声唱道：

> **哦，大海！**
> **我的胸口在痛，请你把我的儿子还给我。**
> **大海，请你把我的儿子带来。**

随后，一条鱼把孩子交给了她。此时，孩子已变得比以前好看。女人接过孩子，立即跑回村子里将孩子抱给丈夫看，她的丈夫非常高兴。

村子里另外一个女人知道这件事后，就想模仿那位女人。她也去田地里干活儿，把自己熟睡的女儿放在地上。大雨之后，水流把这个女孩子带到了河里。

女人也跑回家和自己的丈夫讲述了发生的事情。

丈夫对她说："你要找回我们的女儿。"

女人也来到田地附近的河边，大声唱道：

> 哦，大海！
> 我的胸口在痛，请你把我的女儿还给我。
> 大海，请你把我的女儿带来。

后来，鱼儿却给她带来一个受伤的丑女孩。她带着她回到村子里，丈夫却对她说："我要我的女儿，这不是我的女儿。"最后，两个人离婚了。

呼喊声

一顿丰盛的晚餐之后，月亮已散发出皎洁的光芒。

古老非洲的村落里依旧可以听到巴图克鼓和铃铛的声音。一个声音响起："我们去听故事，我们快去听故事。"是格里奥[①]的声音。

当听到这喊叫声的时候，孩子们便知道已经到了去听传奇故事的时间。不止故事，还有音乐和舞蹈！也许，今天故事的主角是天神之子阿南西[②]。

阿南西可以织出最美丽的网。他教会加纳人民织就美丽的布匹。曾经，阿南西有一个贤惠的妻子，有一个身体强健的孩子，还有很多的朋友。他曾陷入困境，但又凭借自己的智慧和幽默躲过了灾难。

---

① 格里奥：即行吟艺人、野史说唱者。他们通过音乐伴奏的形式把故事为老百姓讲述出来。所以，很多人认为他们的故事是歌曲，甚至一些人认为现在的黑人说唱歌曲风格源自格里奥艺人。这类表演艺术主要集中在西部非洲。

② 阿南西：又名南西，是西非阿散蒂神话中的一个人物。他是天神恩雅梅之子，常以蜘蛛、人类或者两者的混合体形象出现。后该形象传播到拉丁美洲的许多地方，成为美洲大众文化中的英雄形象。

老百姓也都喜欢听故事，一些故事讲述部落的历史，一些讲述部落的战争，还有一些讲述日常的生活。这些故事全是口头流传，并没有文字记载。故事讲述人讲述着人们自己的故事。

通常，每个村子里都有一个格里奥，他们讲述的故事必须为原创，如果一个村子的格里奥盗取另外一个村子格里奥的故事，便会引发激烈的争斗。

虽然格里奥们并不是唯一可以讲述故事的人群，但格里奥们却是官方唯一授权记录故事的人。格里奥们从不下地干活，他们的任务就是记录自己讲述的故事。

一千年后，这些神圣和奇遇的故事因格里奥们的记录而传扬开来。

阿南西

曾经，这世上所有的故事都归属我们的天神——尼亚美[①]，大地上充满了悲伤。

一位叫阿南西的蜘蛛人想购买尼亚美天神的故事，想把这些故事带到人间为老百姓们讲述。有一天，他织了一张巨大的银网，让它从天上垂到大地上，而他则顺着银网爬到天上。

当尼亚美天神听到阿南西想要购买自己的故事时，他哈哈大笑起来："我的故事价格不菲，你必须给我带来长着锋利牙齿的豹子、像火焰一样蜇人的马蜂和一位男人们从未见过的莫阿迪亚的仙女。还要给我带来你姥姥的第六个女儿，也就是你的母亲兰西亚。"

尼亚美想用这样的方法让他知难而退，没想到阿南西却对他说："我很高兴能为你服务，我也会为你带来我的母亲，她是我姥姥的第六个女儿。"

天神听到他的话又笑了，对他说："喂，如果让你拿像你一样

① 尼亚美：加纳中部阿散蒂人信奉的至高神。

个头矮小的小豹子来换取我的故事，你肯定做不到。”

阿南西并没有回答，只是从自己织就的银网下到凡间，去抓捕天神索要的东西。他跑遍所有草原，终于找到一头长着锋利牙齿的豹子。

“哦，阿南西，你这个时间来到这里，正好可以给我当午饭。”豹子笑着对他说。

“我快要成为你的午饭了，可是，在此之前，我们可以先玩一个游戏吗？”阿南西勇敢地说。

豹子非常喜欢玩游戏，它兴致勃勃地问：“我们玩什么游戏啊？”

“我用树藤把你的腿绑起来，然后，我再解开；接着，你再用树藤把我绑起来，我们来比比谁用的时间更短。”阿南西说。

“非常好！”豹子打算轮到自己捆绑对方时就把他吃掉。

阿南西用树藤绑上豹子的两条腿，接着，又绑上另两条腿。

五花大绑的豹子被阿南亚悬挂在一棵树上，阿南西对它说：“豹子，你很快就可以见到天神尼亚美啦。”

阿南西砍了一片香蕉叶，用香蕉叶做成一个葫芦状的容器，把它挂在腰上。穿过茂密的森林，阿南西来到姆博洛马蜂的家。赶到那里时，他先把一片香蕉叶放在头上，然后用水把自己淋湿。他对马蜂们说：“下雨了，下雨了！你们不希望躲进我的‘葫芦’里面吗？这样你们的翅膀就不会被雨水浇湿了。”

“非常感谢，非常感谢！”马蜂们嗡嗡地陆续飞进他亲手制作的“葫芦”里，他立即把“葫芦”盖子盖上。

阿南西把装马蜂的“葫芦”悬挂在树上，还对它们说：“马蜂，你们很快就能见到天神尼亚美啦。”

随后，他用木头雕刻了一个木偶，在木偶身上涂了一层胶水；接着，他把木偶放在一棵金合欢树下——因为仙女们喜欢在那里跳舞。他又在木偶前面放了一碗烤熟的芋头，并将树藤的一端绑在木偶的脑袋上。他手持树藤的另一端偷偷躲藏在树后，等着仙女们出现。

几分钟后，一位仙女出来了，这是一位男人从未见过的莫阿迪亚的仙女。她开始翩翩起舞，跳得非常专注。当她靠近金合欢树时才看到木偶和烤熟的芋头。

“小木偶，现在我非常饥饿，你能给我一些芋头吗？”听到仙女的问话，阿南西急忙拉动绑着木偶脑袋的树藤，木偶的头点了点。仙女十分开心，接着，她吃光了所有的芋头。随后，她感谢道：“非常感谢你，小木偶。”

但是，木偶没有回答，仙女威胁道：“小木偶，如果你不回答我的话，我会打你的。”

木偶继续对仙女不理不睬，结果仙女真的用手去打涂满胶水的木偶。愤怒的仙女又开始威胁道：“胶水娃娃，如果你不回答我的话，我会再打你一巴掌。”

木偶依旧沉默，于是又挨了两巴掌。不仅如此，生气的仙女还试图用脚踢木偶。只几下后，仙女的双手和双脚就被木偶粘住了，动弹不得。

这时，阿南西从树后走出来，把仙女也挂在豹子和马蜂所在的树上。接着，他对仙女说："莫阿迪亚的仙女，你很快便能见到天神尼亚美啦。"

随后，他去了母亲家里，他对母亲说："妈妈，你跟我来，我要把你送给天神尼亚美换取他的故事。"

接着，他开始织一张巨大的银网，把豹子、马蜂和仙女包了起来，然后，将他们送到天上天神的住所。

他来到天神尼亚美的宝座下，说："尼亚美天神，你要求用贡品换取你的故事，我已经全部准备好了。你看，长着锋利牙齿的豹子、像火焰一样蜇人的马蜂和一位男人们从未见过的莫阿迪亚的仙女。当然，我也带来自己姥姥的第六个女儿、我的母亲兰西亚。"

尼亚美天神很吃惊，接着，他召来自己的大臣，说："小阿南西带来换取我故事的所有贡品，今天，我把自己的故事都带到这里。以后，这些故事都属于阿南西，这些故事只能由蜘蛛人阿南西本人讲述。阿南西，你把这些故事带到人间的所有角落吧！"

神奇的阿南西顺着自己编织的银网回到地面——他给村子里的老百姓带回很多故事。当他打开故事包裹的时候，故事竟从世界的四个角落往这里聚集。

这些故事中，有阿散蒂人的起源神话。关于尼亚美与圣日的传说，有三个版本：一，尼亚美于星期四来到人间；二，世界由他创造，于星期四完成；三，他于星期四出现在人们面前，接受崇拜。于是星期四就成了他的圣日。

阿散蒂人认为，尼亚美是一只大蜘蛛，他织就了一个大世界，包括天国、人间和地狱，自己居其中心，是宇宙的创造者和主宰者，无所不在，无时不在。还有一个神话说明了至高神为什么远离苍天：“一个老妇人在称食物时，秤杆不停地撞天，激怒了至高神，于是他便远离苍天而去。”尼亚美还具有人的特点，时男时女。

有人认为，尼亚美是女性，是赋予万物生命的圣母。月亮是其象征物。但另一方面，太阳又是至高神的化身，所以也可以说他是男性。

阿散蒂族神话告诉我们，上帝在宇宙中创造了三界：天堂、人间和地狱，尼亚美统治天堂，生殖女神主宰人间，年老的地母专司地狱，专管“埋葬在她口袋里的”死人。

长颈鹿的传奇故事

很久以前，长颈鹿的脖子和腿的长度和其他动物的差不多。

那个时候，曾经发生过一次可怕的旱灾。动物们吃光了所有的绿草，甚至连枯草也被吃光，它们需要走很远的路去寻找饮用水和食物。

一天，长颈鹿遇见了自己的朋友犀牛。天气非常热，它们两个缓慢地走在路上。

当它们走近无水的水塘时便开始不停地叹息起来。

“哎呀，我的朋友，你看看那么多动物都在干涸的水塘边挖坑找水。太干旱了，但是，金合欢树依旧长青。”

“嗯嗯！”犀牛说。那时的犀牛不爱说话。

“如果可以吃到高处树枝上的绿叶就好了，但是，我们不能上树，所以吃不到。”

犀牛看着高处的树枝，点点头表示同意。

“也许，我们应该去和巫师说一下，他是一位强大的智者。”犀牛说。

“好主意啊！你知道巫师的家在哪里吗？”长颈鹿问道。

犀牛点点头表示知道，接着，它带着长颈鹿朝巫师家走去。到了那里，它们向巫师解释了自己的来意。

听了它们的话后，巫师呵呵地笑着说：

“太简单了。明天你们再来我家里一趟，我会给你们一种魔草。它可以让你们的脖子和腿继续生长，这样你们便可以吃到金合欢树上的绿叶啦。”

第二天，只有长颈鹿在指定时间来到巫师的家里。

原来，犀牛做事拖拉、爱分心，它在来的路上看见一丛青草，一高兴便忘了和巫师的约定。在吃过绿草之后，犀牛才想起自己和巫师的约定，便飞快地跑到巫师的家中，但巫师早已经把魔草给了长颈鹿。

长颈鹿独自吃掉了为它们两个准备的魔草。很快，它感觉到自己的脖子和双腿飞快地与地面拉开了距离。

“太棒啦！”长颈鹿心想。它闭上双眼，过了一会儿，它慢慢地睁开双眼，觉得整个世界发生了很大的改变！

现在，云彩距离自己非常近，它还可以看到很远的东西。

长颈鹿看着自己的大长腿，扭动着自己的大长脖子，开心地笑起来。在它的面前有一棵翠绿的金合欢树，长颈鹿走了两步便吃到人生中第一口金合欢树叶。

当长颈鹿开始随心所欲地吃着金合欢树的绿叶时，没有拿到魔草的犀牛正在生气，它觉得自己被人欺骗了——它并不认为这是自己迟到造成的损失。

愤怒的犀牛把巫师驱逐出了热带草原。

有人说从那天起，犀牛看到人类便会大发雷霆，不让人类出现在自己的视线范围内。

可 乐 果[1]

在非洲西部，无论是年轻人还是老年人，不管是男人还是女人，所有人都喜欢咀嚼可乐果。尤其是老年人，总是喜欢在口袋里放几个可乐果。在这里，可乐果是一种非常出名的果实。

可是，你知道可乐果的由来吗？

从前，有个名叫可乐果的男人决定开垦一片荒地，想在地里种一些芋头。他抡起锄头努力垦荒。

距离田地不远的村子里，居住着一些天才。他们不愿意听到锄头锄地的声音，便不耐烦地问道："谁在那里锄地？"

可乐果回答说："是我。我在这里开垦一片田地，准备种植芋头。"

天才们立马叫上自己的孩子来帮助可乐果锄地。没到中午，他们就把那片地平整完毕。可乐果先生满心欢喜地回到村子里。

后来，可乐果在农田里种植芋头时，同样的事情发生了：村

① 可乐果：原产于非洲热带雨林，锦葵目梧桐科植物。可乐果含有咖啡因，味道是苦的。

子里的天才们和自己的孩子们又前来帮忙。

再后来，当可乐果拿着自己的大砍刀清理芋头根部的杂草时，天才们又在那里问道："谁在那里锄地？"

"我，可乐果，我在给芋头田除草啊。"

天才们立刻又带着孩子前来帮助可乐果除草。

现在，可乐果只等着芋头成熟了。

在这段时间，他决定到南方和东方去拜访水里的朋友和森林里的朋友。走之前，可乐果把自己的锄头留给妻子。

一天，可乐果的妻子把小儿子背在身后出去捡柴火，小孩子哇哇哭起来。为了让孩子安静下来，她去田里挖了一个还没有长大的小芋头。

当她挖出小芋头的时候，村里的天才们问道："谁在那里挖芋头？"

她回答："是我，可乐果的妻子。我挖一个小芋头给哭闹的孩子吃。"

谁知天才们和他们的孩子立即赶了过来，和她一起挖芋头。不一会儿，地上就堆满了个头很小的芋头。

可乐果的妻子看到这灾难性的场景，大哭起来。当可乐果旅行回来之后，她仍然在哭泣。

可乐果问道："你为什么哭啊？"

她说出了原因。生气的可乐果气愤地打了她一巴掌。村子里的天才们听着了巴掌的声音，他们问："谁在那里打人？"

"是我，可乐果，在打自己的女人。"

很快，天才们和他们的孩子也来帮助可乐果了——他们狠狠地暴打可乐果的妻子。

可乐果放声大哭。正在这时，一只蚊子飞过来在他的胳膊上咬了他一口。

为了自卫，他用尽全力拍打蚊子，但总是拍不到。

村子的天才们继续问：“谁在那里拍打？”

“是我，我在拍打一只叮咬我的蚊子。”

很快，天才们和他们的孩子过来要帮可乐果拍打他的胳膊。可乐果身手矫捷地逃跑了。他跑到村子里，跳进一位老者的口袋里。

所以，直到现在，在老头们的衣服口袋里总有一颗可乐果。

在一些西非地区的庆典中，人们都是以可乐果来招待族长或宾客。很多人都喜欢吃可乐果。咀嚼可乐果可以减轻因饥饿而造成的痛楚，但经常咀嚼则会令牙齿染色。

小伙子雅布拉尼和狮子

曾经天空中有很多月亮，那时，人类可以和动物沟通。

一个名叫雅布拉尼的勇敢的小伙子居住在一个屹立着大山和森林的非洲国度里。

在他们的语言中，雅布拉尼的意思是“带来幸福的人”。当他来到这个世界上的时候，他的父母感到无比幸福。他出生在 1 月一个炎热的上午，他的到来给大家带来很多爱。

从很小的时候，雅布拉尼便特别喜欢帮助他人，因为当他帮助别人的时候自己也会感到幸福。他拥有超能力：可以帮助他人平复内心的痛苦，甚至让人感到幸福。他的爷爷说，小伙子拥有无比强大的能力，一种只有人类懂得使用的能力。

在一个阳光明媚的日子里，雅布拉尼高兴地走在森林里。当他穿过一片空地的时候，听到一个非常悲伤的求救声：“救命啊！有人可以帮助我吗？请帮帮我啊……我要离开这里！”

小伙子开始循着声音寻找。很快，他发现一个陷阱——猎人在荒草地上设下的陷阱。究竟是谁掉进陷阱了呢？小伙子探头一看，原来是头愤怒的大狮子。

“狮子先生，我叫雅布拉尼。”他急忙向狮子做自我介绍，“你怎么会掉进陷阱呢？”

“哦，你觉得我会愿意掉进这个可悲的地方吗？”狮子喘着粗气，继续说，“小伙子，我已经被困在陷阱里一整天了。现在我又渴又饿，请你帮助我离开这里。”狮子说话的时候，脸上露出一副可怜相。

雅布拉尼非常喜欢帮助人，但他并不愚蠢，他知道应该格外小心，如果狮子从陷阱里跳出来，一定会攻击自己，用它锋利的牙齿吃掉自己。

“狮子先生，我了解您的困境；但是，谁能保证你从陷阱里出来后不会吃掉我呢？”

“亲爱的小伙子，我不会做忘恩负义的事！我怎么能攻击自己的救命恩人呢？你说对吗？我向你保证，绝对不会做你所说的事情。”

雅布拉尼想啊，想啊，他决定相信狮子的话。他认为狮子会信守承诺！“好，好吧！我相信先生你的承诺。”随后，雅布拉尼来到陷阱边，放下一条系着死扣的绳子，把狮子救了出来。

狮子爬出陷阱，大口喘着粗气，然后活动着自己的四肢——它在那狭小的陷阱里停留了太长的时间，所以四肢已经开始变得僵硬。活动完身体之后，它慢慢转过身，眼神诡异地看着小伙子。

“雅布拉尼，在我吃掉你之前需要到河边喝点儿清水！”

雅布拉尼不敢相信狮子说出的话，他觉得自己的耳朵听错了。“狮子先生，你在开玩笑吗？你怎么能这样做？”小伙子脸上带着微笑，语调里却透着一丝恐惧。

狮子非常严肃地看着他说：“不行也要行。现在，你跟我一起到河边喝水，然后我会吃掉你。现在，我又渴又饿。”

“可是，你曾向我承诺不会做出伤害我的事情！狮子先生，你曾向我承诺过。”雅布拉尼大声说。

狮子抚摸着他的头回答说：“是啊，我向你承诺过，你说得有道理。但是，在饥饿和绝望面前，承诺已经变得不重要。所以，我觉得吃掉你是理所当然的！”

内心十分恐惧的雅布拉尼鼓起勇气大声喊出一句响亮的话：“不公平，不公平！先生，是我帮助你逃出陷阱的！你怎么能伤害帮过你的恩人？现在，我们去森林里问问其他动物的意见，它们知道谁有道理。”

狮子非常饥饿，但它也不想失去公允，也不想让这成为它的污点。所以，它也想听听动物们的意见。

“好吧！如果它们认为我的决定是错误的，我就会让你离开。不过，我们必须快点儿，我的肚子已经在不停地咕噜了。”

等狮子饮完水后，雅布拉尼和狮子碰见了一头又老又瘦的毛驴，它正在那里啃食干草。

“驴子先生，下午好！有一件事我想请你给出自己的意见，它关乎我的生和死。”

“好的，小伙子，你跟我说说吧！”

接着，小伙子把事情的经过告诉了毛驴：他遇到并拯救了狮子，可获救后的狮子要违背诺言吃掉他。

“先生，你觉得这样公平吗？”

驴子陷入沉默，思考了一会儿，然后清清嗓子说：“我觉得公平，狮子吃掉你非常公平。因为狮子先生和你们人类一样，在饥饿难耐的时候，不会多想便会杀死曾经帮助过你们的动物。”驴子说这话的时候，眼睛里流露出愤怒和悲伤。

接着，它又说：“你看看我的生活，我一生都在为人类劳动。我曾经没日没夜地搬运他们需要的东西；但是，现在我老了，他们便开始虐待我，把我抛弃在森林里，让我饿死。你觉得这样公平吗？”

雅布拉尼低下头，小声说出“不公平”三个字。他觉得驴子这样说也很不公平，却又找不到反驳驴子的话。他难道要为其他人的过错而葬送掉自己的性命吗？

狮子转过身对雅布拉尼说：“你看到了，驴子认为我有道理。现在我就来结束这一切。”说着，狮子准备抬起爪子攻击小伙子。

“我们应该再找一些动物，驴子只是它们中的一员，不足以代表其他动物。现在，我们应该去询问其他动物的意见。”

狮子有些恼火，低声咒骂了几句，但还是同意了他的意见，小伙子这才松了一口气。

后来，他们看到一头正在吃草的奶牛，雅布拉尼和狮子向它问好。随后，小伙子又把狮子掉入陷阱被自己救上来，却又要吃掉自己的经过讲述了一遍。

母牛哞哞地大声对小伙子说："人类是非常自私的动物，你们总是想着自己。对我来说，你们都是一样的！我们把自己最好的奶提供给你们，还要拉着犁在田地里为你们耕种。当我们老了，看看你们又做了些什么事情？你们把我们杀掉，吃我们的肉，还要用我们的皮制作衣服。所以，我认为狮子吃掉你是正确的。任何动物在饥饿的情况下吃东西都是公平的。你们人类也做过这样的事情。"

不死心的雅布拉尼又向一头鹿、两只小鸟、一只鬣狗和三只兔子讲述事情的原委。结果它们一致同意狮子吃掉小伙子，因为它们都认为狮子吃掉小伙子很公平！

绝望的雅布拉尼心想："我要死了，回不了家了，再也见不到我的父亲、母亲、兄弟姐妹和我的朋友们了……我再也回不去了！"

当狮子走到小伙子身边不停地嗅味道时，一只小豺出现在他们面前。

"狮子先生，让我再问问它吧。"

"好吧，再问最后一次。我不能再继续饿肚子了。"狮子说。

雅布拉尼来到小豺的身边，向它讲述了事情的前因后果。小豺傻傻地对狮子和小伙子说："我不是很明白。你们想要我给出意见，可是我需要了解清楚曾经发生的事情。请你们带我到陷阱附近看看！"

就这样，雅布拉尼和狮子带着小豺来到陷阱旁边。小豺看着

陷阱摇摇头说："我不知道，也不明白狮子是怎么掉进陷阱里的。这个陷阱看起来那么小，而狮子的身体又那么大。"

饥饿和疲惫让狮子没有时间考虑："好吧，好吧，我来演示一下。现在我就跳进陷阱里，让你看看我在陷阱里的样子。"说完这话，狮子纵身一跃跳进陷阱里。

小伙子抱着沉重的心情看了一眼陷阱里的狮子，迅速地把陷阱的盖子盖上了。慌乱的狮子不明白究竟发生了什么事。而小豺，像幽灵一样消失在森林的灌木丛里了。

分散居住的猴子

很久以前，猴子们同属一个部落，它们一起居住在一个缺少食物的荒漠中。为了活下去，很多猴子开始到远处的农田里偷取食物；但是，时间一长，农场主们都加强了对庄稼的守护。因此，猴子们想出一个一劳永逸的办法：“我们可以找一只漂亮的母猴子，然后割掉它的尾巴，把它装扮成一个楚楚动人的女人，让它和农场主结婚。这样我们就有了农田，大家就都可以到那里去吃东西了。”

它们说服了一只母猴子，割掉了它的尾巴，把它装扮成一个漂亮女人的样子。果然，一个男人动了心，和它结了婚，还为它开垦了一大片田地。男人想帮它耕种土地，但它说自己可以独自完成种植的工作。

当母猴子种植庄稼时会哼唱起歌曲：

猴子，
猴子女人，

女人快来播种玉米。

猴子们听到母猴子的歌声，便都会赶来。母猴子希望它们能和它一起播种玉米，但糟糕的是，它们根本不会。猴子们抵达之后，只会吃母猴子的粮食。看到这一切，母猴子的丈夫拿起猎枪开始驱赶它们。

等到了丰收那天，母猴子和丈夫把玉米都拉回了家里。

猴子们非常气愤，它们决定用胶水把尾巴给母猴子粘回去。它们带着尾巴，一边走一边唱歌：

我们快点走，
把尾巴交给那位女士。

当村子里的人听到这首歌曲的时候，都感觉非常惊讶。

猴子们唱着歌找到坐在地上的母猴子，给它重新粘上了尾巴。

后来，母猴子又慢慢变回猴子样，就像以前一样。

村子里到处都是猴子，回过神来的人们拿出弓箭和猎枪。每当此时，猴子们便急忙散开，两三个朝着这个方向，三四个朝着那个方向奔逃，它们从此再也不聚集在一起了。

所以，今天你到哪个地方都会看到猴子。

怀孕的小男孩

很久以前，有一对科萨[①]男女，他们非常相爱。在一个初春的季节，两个人结婚了，村民们为他们准备了一个热闹的婚礼派对。

结婚几年后，小夫妻一直想要个孩子，但是，希望中的孩子却迟迟没有降临。所以，他们决定去求助一位居住在森林里的桑戈马[②]。年长的智者桑戈马懂得如何用大地上的草药治疗人类身体和精神的疾病。

“桑戈马，你能帮助我们拥有一个孩子吗？”

“当然，我可以帮助你们，但是，你们必须按照我说的方法去做。”

小夫妻立即同意了，他们全神贯注地听着智者的讲解。

---

① 科萨：科萨人是南非一个说班图语族科萨语的族群，主要分布在东开普省。科萨语是南非第二大语言。他们以畜牧和农业为生，当地传统的食物有牛肉、羊肉、高粱、南瓜、玉米和酸奶等。

② 桑戈马：指懂得使用草药并通过传统的方式测算、预估命运的人，类似于巫医。

“我交给你们四块神圣植物的根茎。回到家里时，你们把根茎分别种植在两座大山上。第一座大山应该热似火炉，第二座大山则必须有充沛的雨水。做妻子的应该先把两块根茎种植在热似火炉的大山上，等到第二天，她再把另外两块根茎种植在充满水珠的山上。”

接着，智者把四块根茎放在方形的毛巾里包好，又说：“作为交换，你们的孩子出生后你们俩要送给我一头牛。”

夫妻二人同意了他的要求并致谢后，起程返回自己的村子。

当他们抵达村子后，妻子严格按照桑戈马的要求把植物根茎分别种植在两座山上。再后来，妻子怀孕了。

九个月后，一个漂亮的大眼睛小男孩呱呱落地。夫妻二人看见孩子后心里非常高兴，但把送一头牛做贺礼的承诺忘得一干二净。

小男孩慢慢长大了。当他成长到少年的时候，他的父母决定再要一个孩子，所以，他们夫妻又来到住在森林里的桑戈马家里，并且向他求取神圣植物的根茎。

“现在，你们又前来问我索要根茎，可是，你们还没有把许诺给我的牛献给我。你们有了孩子后，却没有履行自己的诺言。”

夫妻二人觉得非常不好意思，请求智者原谅自己。他们责怪自己，怎么竟忘记诺言了呢？“很多人在得到我的帮助后，总会忘记许诺给我的东西。”智者大声说。

夫妻二人再次道歉，他们神情沮丧地走出桑戈马的家门，准备朝着自己家的方向走去。

“你们等一下！既然你们已经意识到了自己的错误，那么只要你们把之前欠我的牛给我，我便会为你们准备神圣的植物根茎。”

夫妻二人道谢之后，回到自己的村子。到家之后他们立即请求自己的一个朋友把牛给桑戈马送了过去。朋友也带口信回来，让他们夫妻在第二天到桑戈马家领取根茎。

“明天我们还有一个约会，我们不能食言啊。”丈夫担心地说。

“如果让咱们的儿子前去取根茎呢？他已经十二岁啦，走到那里并不困难啊。”

丈夫同意了妻子的意见。接着，他们把孩子叫过来：“你能到桑戈马家取回根茎吗？”

“当然可以，爸爸！我已经不是孩子了，可以独自前去，也可以快速安全地回来！”小伙子高兴地说。

就这样，小伙子向桑戈马的家出发了。到达那里后，他向智者解释说，是他的父母让他来取东西的。桑戈马把四块神圣植物的根茎用一条毛巾包裹起来递给他，并要求小伙子转告他的父亲在种植的时候必须格外小心。

“你不用担心，我一定一字不漏地转告他们！”小伙子感谢了桑戈马后便往家走去。

他走在路上，按捺不住好奇心，打开包裹着植物根茎的毛巾，看到了那四块根茎。

“我觉得吃一块根茎没有问题吧！”

他拿起第一块根茎咬了一口，感觉汁多味甜，所以又吃了一小口。接着，他吃完一口又一口。就这样，他吃完了两块根茎。随后，他又开始吃另外两块根茎，可是，这两块非常苦涩，他把咬在嘴里的吐在地上。

他心中明白自己做了错事。

“现在只剩下两块根茎了！如果爸妈问起这件事，我该怎么回答呢？”

小伙子害怕父母责怪他，所以他决定不对爸妈讲实情。

“这两块根茎应该能让我的母亲怀孕。”小伙子心想。

随后，小伙子回到家里，将毛巾中包裹的根茎交给母亲。

“真奇怪！以前都是给四块，现在为什么是两块呢？……桑戈马让你转达什么消息了吗？”

“桑戈马让你把其中一块根茎放在火上烧烤，然后再放在口中咀嚼；把另外一块根茎放在水瓶里，到第二天的时候，你可以饮用瓶子里的水。”

母亲和父亲没有怀疑，他们按照儿子传达的方式去做了。

就这样，几个月过去了，母亲却没有任何怀孕的迹象。

另一边，吃了植物根茎的小伙子却怀孕了——他身体发胖，胸部开始生长变大，肚子也越来越大。肚子在生长的时候，他觉得很痛苦，好像有什么东西住在他的肚子里。

到第四个月的时候，村里人开始纷纷议论。

“我觉得自己怀孕了。”他绝望地自言自语，“现在，我能做什么呢？要和父母说吗？要和朋友说吗？他们一定会嘲笑我！”

他觉得很难堪，他没有向任何人说自己怀孕的事情。在父母面前撒了谎，这让他觉得难为情；但他的家人从未怀疑过，因为很多孩子进入少年时期都会变得很瘦或者很胖。

一天，他正帮父亲放牛，忽然觉得腹部疼痛难忍，同时，肚子也在不停地颤抖。

“我的孩子，你还好吗？”父亲问道。

“爸爸，我想回家休息一会儿。我觉得自己的头和肚子非常痛。”小伙子说。

“你回去让你母亲给你沏壶热茶，她知道该怎么治疗你的病。”父亲说。

小伙子离开了，但没有回家。他来到森林里，挖了一个小坑，在坑里铺上树叶并躺在上面——他给自己铺设了一个窝。很快，他的肚子开始剧烈疼痛起来，并高高地隆起。突然，一个孩子的哭声打破了森林里的安静——一个胖乎乎的漂亮小女孩出生了！

“现在我怎么照顾你呢？你真的是我的孩子吗？我该怎么办呢？”小伙子绝望地说。

女婴开始大声哭泣，没有停止的意思。小伙子发现自己的胸部开始泌乳，于是他为饥饿的婴儿哺乳。婴儿吃饱之后，开始睡觉了。

小伙子奔跑着回到家里，他担心父母四处找他。当他回到家中的时候，他的父亲正要出门找他：“你去哪里啦？我们都非常担心啊！”

小伙子撒谎说自己在大树下休息了片刻，并且在树下睡着了。

“现在，你的头和肚子还痛吗？”母亲担心地问。

“已经不痛了，可能是因为昨天我吃了一个没有成熟的水果。”小伙子回答说。大家坐在一起吃饭，小伙子的肚子像无底洞一样吃不饱。

父母觉得非常惊讶，但是，他们又觉得少年时期的孩子都这样，因为生长发育得很快，饭量也应该大。

晚上，当大家沉睡的时候，小伙子偷偷起床跑到森林里。他前去照看自己的婴儿。那时她正在大声地哭泣，当他给女婴喂完奶，女婴便停止了哭泣，然后甜甜地进入了梦乡。

小伙子看着女婴，心想：“她真的很漂亮。”他第一次就觉得她是自己的女儿。他把孩子抱在自己的胸膛上睡觉。一大早，在母亲叫他起床之前，他又回到家里躺在了床上。

以前，他一整天都和父亲一起照顾家里的牛群，现在他总是找借口快速跑到森林里照顾女婴。夜晚，当他的父母睡着以后，他又悄悄地回到森林里。

三天之后，母亲开始对自己的儿子产生怀疑。那天晚上，她假装上床去休息，实际上却在偷偷地监视自己孩子的一举一动。

当他向森林里跑去的时候，母亲悄悄地跟在他身后。然后，她看到了令她不敢相信自己眼睛的场面：自己的儿子竟然在给一个女婴哺乳。

母亲一直看着，在天亮之前她回到了家里。

第二天，小伙子和父亲出去放牛了，母亲来到森林里抱走了女婴。她把女婴带回家，给她洗澡，给她喂奶，还和她玩耍。

与此同时，小伙子再一次找借口跑到森林里准备哺育他的女儿。当他看到女儿并不在巢穴里时，他感到一阵绝望。

他找遍大森林，并祈求上天和祖先能够帮助他找到自己的女儿。他不停地流泪，好像他的心被另一个灵魂偷走了："我的女儿在哪里？"

他觉得生命中没有值得留恋的了。他心想："也许，女儿被森林里的动物吃掉了，我不应该把女儿独自留在这里。"

就这样，夜晚来了；就这样，夜晚又离去了。太阳的到来意味着新一天的开始，可他的心依旧很乱，他在灌木丛里寻找女婴，除此以外他不知道还能做什么，他也不觉得饥饿和口渴。

第二天，他拖着疲惫的身体回到家里，决定把所有的事情告诉自己的父母。当他回到家里时，看到母亲抱着一个女婴。

"妈妈，家里怎么有一个婴儿？"女婴快要哭泣的时候，小伙子问道，"我能抱抱她吗？她真的很漂亮！"

母亲沉默一段时间。"我的儿子，从现在起，她就是你的妹妹、我的女儿。她再也不是你的孩子了。"母亲和蔼地看着自己的儿子，"这个女孩是通过你的肚子来到我生命里的，就像其他孩子从女人的肚子里来到这个世界上一样。"

小伙子同意了，并高兴地哭起来。

"对不起，妈妈。对不起，爸爸。我没有向你们说实话。真的非常抱歉！"

父亲感受到儿子的痛苦，他说："我的儿子，我们知道你后悔了。以后千万不能再欺骗我们了，这些谎话不属于你的生活。”

从那天起，小伙子非常高兴地照顾家里的牛群。他已经不能再继续哺育女婴了，但是，他会给自己的妹妹挤牛奶喝。妹妹长得越来越漂亮聪明，大家看到她也都非常高兴。

后来，小伙子长成一位非常聪明、独具魅力的男人，他不仅懂得生活还懂得如何照顾自己的妹妹。

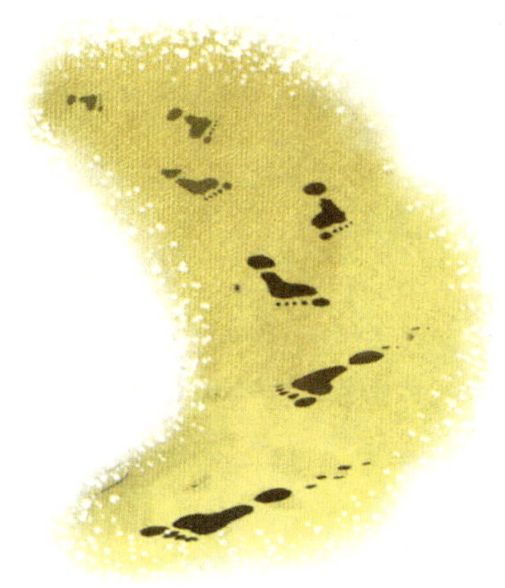

离别的时刻

月亮妈妈用它万能的力量照耀着整个天空，它知道人们不想死，知道他们希望像月亮一样永远活着。

在一个晴朗的夜晚，月亮妈妈唤来一只蜥蜴，让它去大地上告诉那里的男女老少，从今天起，大家都要从睡梦中醒来，这样就会永生。

“月亮妈妈，您放心吧！我现在就去通知全世界的人类。您可以放心，您让我传递的消息很快便会传遍整个世界。”蜥蜴说。

蜥蜴上路了，它总是停下脚步观看有趣的事情，还会停下脚步和旁人聊天。

在路上，它看到一棵长满水果的大树。

它爬上树大口品尝美味的水果，直到肚子鼓了起来。蜥蜴吃饱后心想：“在我继续长途旅行之前，先躺下休息一会儿。”接着，它爬下树开始休息。

蜈蚣是死亡的代表，每次它出现的时候便会出现死亡。它知道月亮妈妈想为人类传递消息，心急如焚的它叫来一只猫鼬。猫鼬是小型动物，十分敏捷、聪明。

蜈蚣对猫鼬说道："你赶快到人间告诉所有人，告诉所有的男女老少，他们不会永生，死亡后便不会复活。"

猫鼬很快抵达大地，告诉所有的人类，他们的生命终将逝去。

一段时间之后，蜥蜴带着月亮妈妈的信息姗姗来迟，但为时已晚，人们感到非常悲伤。月亮妈妈知道后，对蜥蜴大发雷霆："你到底干什么去了？"

月亮妈妈亲自和大家说起要传达的信息，最后它叹息道："现在，我已经不能改变人类的命运了。因为蜈蚣的消息先抵达人间，但是，你们应该比任何时候都要相互尊重和友爱。包括每个人、每只动物、每个生命，甚至尘世间的每一粒尘土。"

"因为我们大家都是一家人，世界上万物的生命都是密切相关的。"最后，月亮妈妈露出开心的微笑，"到那时候，你们就可以离开这留有祖先灵魂的大地，永远居住在自己的希望里。博爱可以滋养一切，生命便可以继续永存，在这个大地上本应存在生命和死亡。和平可以填满所有人的心灵。"

随后，大家回去睡觉，因为，第二天永远都是新的一天。

老狼、小狼和甘卡婶子

从前，有一只老狼和一只小狼，它们已经很长时间没有见过面了。

每天，由于食物匮乏，老狼只能到大海里捕捉螃蟹、龙虾吃。但即使如此，它仍然吃不饱。

一天，老狼远远地看见了小狼，发现小狼竟然长胖了。老狼坐在一块石头上，双腿交叉，显得有些悲伤……小狼走到它身边，觉察到它很悲伤，便问道："叔叔，你为什么悲伤啊？"

老狼回答说："我不能再用牙签剔牙了，它扎进我的嘴里了。"

"我的叔叔，现在我可以帮你把你嘴巴里的牙签拿掉，但你是一只聪明的狼……如果我把爪子放进你的嘴巴里，你会咬我吗？"

老狼说："小狼，我不会那么做。因为我的牙齿很痛，不能用力地咀嚼了。即使你让我咬你，我也做不到。"

"狼叔叔，那你张开嘴巴，我把你嘴巴里的牙签拔出来。"

小狼刚把自己的爪子伸进狼叔叔的嘴巴里，老狼就猛地咬住了。小狼大声叫起来：“啊！我的叔叔，你说话不算数……你怎么能咬我呢？”

“我说话不算数？”老狼说，“事情是这样的……告诉我，你是怎么寻找食物的？现在你那么胖，我却骨瘦如柴！”

“狼叔叔，这是因为我吃了母鸡甘卡婶子的鸡蛋！”

“好啊，你可以告诉我时间，大家一起去吃。”

“我们必须在清晨去那里，明天清晨我来叫你啊！”小狼说。

听到这儿，老狼松开了嘴巴；但是，它要求小狼留在自己身边。

下午，它们一起走进圆形的茅屋睡觉，而不是留在开阔的地方。深夜，狼叔叔说：“小狼，我们一起出发吧！走吧！”

小狼说：“叔叔，现在太早啦！我们要到清晨才能出发，那时，甘卡婶子会出门采购。如果我们提前出发，它会在家里待着，我们便吃不到鸡蛋啦。”

“好吧，小狼，我们等一下！”

过了一会儿，老狼又来催促小狼出发。小狼想再等一会儿，狼却坚持说：“小狼，我们出发吧！走啦，走啦……”

“叔叔，我们再睡一会儿……现在还太早。我们等到天蒙蒙亮公鸡打鸣的时候再走！”

听见小狼这样说，老狼走出屋子来到房后停留了一会儿，然后拍打着胸口叫着：“咯咯哒，咯咯哒！”

它又来到小狼身边，说：“小狼，公鸡已经打鸣了，现在我们出发吧！”

小狼心中充满了怀疑："叔叔，你在模仿公鸡打鸣吗？我们还是等真正的公鸡打了鸣再出发吧。那时，天就亮了，我们好去偷鸡蛋。"

过了一会儿，老狼从口袋里拿出一盒火柴，它划着火柴，点燃了圆形的茅屋。接着，它转身对小狼说："小狼，你快起床，我们出发吧！太阳已经升起来了，你看天多亮啊！"

小狼从床上跳起来，跑到路上才说："叔叔，为了你的肚子，你竟点燃了茅屋……现在，我们只能在路上等到天亮了。"

天亮的时候，它们开始向甘卡婶子家走去。

它们径直来到大门口。

"门，请打开！"小狼命令道。

让老狼吃惊的是，门自动打开了，它们走了进去。在房间里，小狼又对房门说："门，请关上！"

这时，门又自动闭上了。它们两个一口气偷偷地吃掉了甘卡婶子藏在床下的很多鸡蛋。

接着，小狼对老狼说："叔叔，到时间了，我们该离开啦！"贪得无厌的老狼回答："哦，你这个厚颜无耻的小家伙！我还没吃饱，更何况袋子里还有些鸡蛋。"

"我要走了，现在我要离开了。"小狼走出茅屋，对着门说，"门，请关上！"

房门关上之后，小狼便离开了，只留老狼在屋子里独自享用鸡蛋。就在这时，甘卡婶子回到了家，老狼听到动静后立即躲在门后。

甘卡婶子在门外命令道："门，请打开！"老狼听见后，在门里面对门说："门，请关上！"就这样，它们僵持了几个小时。

"门，请打开！"

"门，请关上！"

"门，请打开！"

"门，请关上！"

"门，请打开！"

"门，请关上！"

正在门打开和关闭的时候，甘卡婶子大声说："门，请打开！"

接着，门打开了。老狼立即跳起来钻到床下。甘卡婶子走进茅屋，把买好的东西放在桌子上，并命令门关上。然后，它想躺在床上好好休息一下。

它非常劳累，躺在床上辗转反侧，一会儿在床前，一会儿又在床尾。突然，它噗一声放出一个臭屁。

"哦，我的天啊！你的屁太臭啦！"

甘卡婶子吃惊地问道："谁在我家？现在我就要知道谁在我家了！"

甘卡婶子拿出一把剑，掀起床垫，老狼吓得跑到门后，说："门，请打……"但是，甘卡婶子的飞剑没有让它说完"开"字！

甘卡婶子用剑划开老狼的肚子——鸡蛋都在它的内脏里，只不过已经变成熟鸡蛋了，因为老狼饥饿的胃散发的温度比火炉的温度还高。

狼和狐狸

狼有一只公山羊，狐狸则有一只母山羊。狐狸前去请求狼让狼的公羊和自己的母羊孕育新生命。

后来，狐狸的母山羊生下两只小羊羔。狼请求狐狸把小羊羔放在自己家里养育，它说小羊羔是属于自己的，因为它们是自己那只公山羊的后代。

狐狸回答说："不行，小羊羔是我的，它们是母山羊生的孩子。"

狼却坚持认为小羊羔属于自己。

狐狸便将此事告诉了狮子国王。狮子国王是这片森林的主人，它说："明天上午，我会召集所有的动物来商讨这件事情。"

第二天上午，大家聚集在一起准备开始商议，狼和狐狸也站到大家的面前。这时，有人发现乌龟先生不在会议现场。

它们只好等着它。等了一会儿，大家才看到乌龟先生从远处爬了过来。

狼对乌龟说："哦！带壳的家伙，你为什么迟到这么长时间？

大家都在这里等着你。”

乌龟回答：“因为我的父亲要生孩子了，我得照顾它……”

“嘿，你到底在说什么啊？你的父亲也能生孩子？难道它是女的吗？”狼带着讥讽的语气说。

在场所有的动物都说：“啊！原来男的是不能生孩子的。”

最终，大家一致裁定狼没有任何理由索要小羊羔，这些小羊羔归狐狸所有，因为公羊是不能生孩子的。

狼输给了对手，扫兴地离开了。

穆孔巴产下的鸡蛋

母鸡穆孔巴生活在一片森林里，它把自己的蛋放在河流源头附近的巢穴里。每天它都会下一枚蛋，每次下完蛋后它还会高歌几句：

我是我，
我就是我，
没有谁和我一样。

一天，动物们聚集在一起，它们想知道穆孔巴为什么总是唱这样的歌，它们决定让一条名叫恩达卡坎达的蛇到它的巢穴里去一探究竟。

当蛇来到母鸡穆孔巴的巢穴时，它并没有看到巢穴的女主人——它刚刚外出去寻找食物了。

于是，蛇蜷缩在母鸡的巢穴里，用它发光的眼睛看着流淌的河水。当母鸡回来的时候，它看到一条发着光的蛇盘踞在自己的

巢穴上。它说：“哎呀，我的上帝啊！我到底做错了什么？为什么一条蛇盘在我的鸡蛋上呢？”

它不知道该怎么办，就跑去求见老虎陛下。它对老虎说：“陛下！我寻找食物回来时，看见一条名叫恩达卡坎达的蛇趴在我的蛋上。请你告诉我，我该如何对付它。如果你认为我在撒谎，可以跟我一起去看。”

老虎回答道：“问题出在你身上。每天上午，我都会听到你在唱歌。告诉我，你是不是经常唱歌？”

母鸡穆孔巴回答：“是的，我喜欢唱这首歌：我是我，我就是我，没有谁和我一样。”

老虎陛下说：“你不应该那么唱，你应该这样唱：‘我们是我们，我们就是我们，没有谁和我们一样。’当你唱‘我是我，我就是我，没有人和我一样’的时候，你不觉得自己有点自大吗？难道你以为只有你生活在这片森林里？现在，你必须知道，有很多不同种类的动物在这里生活，甚至我也认不清所有的动物。我告诉你，你要去唱：‘我们是我们，我们就是我们，没有谁和我们一样。’接着，你看看那条盘踞在你巢穴上的蛇会有什么反应。”

穆孔巴回到自己的巢穴旁时，唱道：

我们是我们，
我们就是我们，
没有谁和我们一样。

蛇听到这歌声后，抬起头离开了母鸡的巢穴。

接着，母鸡穆孔巴回到自己的巢穴，它趴在蛋上一直到蛋里孵化出小鸡。后来，它带着自己的孩子们搬到了其他的地方。

所以，我们应该学会说："我们是我们，我们就是我们，没有谁和我们一样。"不要自私地说"我是我，我就是我，没有谁和我一样"这样自大的话，因为前者是一个团结的口号！

小伙子们和老头、驴子

从前，一个男人和他的三个孩子居住在一座大山的山顶上。

有一天，男人不幸去世了，三个小伙子没了依靠，只得到山下的村子去讨生活。当小伙子们来到村子时，三个人互相看着对方说："我们进村吧！"他们把之前砍的三捆木柴也带到了村子里。

村民们看到三个人带来的礼物，非常高兴，他们拥抱三兄弟，并给了他们一些食物。

当小伙子们决定离开的时候，村民们问："你们现在就要走吗？不来参加我们的节日派对吗？"小伙子们回答："我们会来参加你们的节日派对的！我们向大家保证。我们离开是想为节日准备一桌丰盛的餐食，虽然我们没有多少钱！"

长着小胡子的哥哥说："我想准备一些酒！"

另一个说："我想弄一些肉！"

第三个小伙子说："我想准备一些木薯！"

若昂·恩里克先生年纪大了，他是居住在火岛上的老商人。

承诺提供白酒的小伙子拿着一个空瓶子跑到海边，在空瓶子里装满海水。然后，他来到老商人的商店里问："先生，您这里有白酒吗？"

老商人拿出一个装满白酒的大瓶子。小伙子打开瓶盖，闻着白酒的香味，对老商人说："我要在这里等几个人来，我们要一起出去办事。"

接着，他在店里停留了一会儿，并假装在那里焦急地等待着。

年迈的老商人已经完全忘记了小伙子还在自己的商店里。突然，小伙子对他说："现在我要离开了，只不过我不能带走这瓶白酒啦。"

在老商人弄明白之前，小伙子把装着白酒的瓶子带走了，而那瓶装着海水的瓶子则留在老商人的柜台上。

他回到家里，对自己的兄弟们说："小伙子们，我准备好白酒啦！"

另一个兄弟等到天亮后说："我也去找食物了！"

他走在路上，看到一个男人拿着十二只母鸡，便对男人说："那些母鸡是要卖的吗？"

男人回答："是！这些鸡都是要卖的！"

小伙子立刻对他说："神父先生命令我买十二只母鸡，因为今天晚上主教先生要来吃晚饭，我把你带到神父家去吧。"

当他们抵达教堂的时候，他让男人在外面等一会儿。他独自走进教堂，对一位神父说："神父先生，有人来这里找你。他的身

体里有一个魔鬼，想求你把魔鬼从他的身体里驱走！”

神父回答说他晚上做弥撒时，会帮那人驱走身体中的邪魔。小伙子来到教堂外面对那人说，神父做完弥撒后便会出来支付买母鸡的钱，接着，他抓起十二只母鸡离开了。

当神父做完弥撒时，那人要求神父付钱。神父觉得非常奇怪，说自己根本没买过十二只母鸡，那人也非常生气，开始大声地叫嚷。神父以为是他身体内的邪魔在作怪，就开始为他祝福，为他祈祷，并用鞭子抽打他身体内的邪魔。接下来，那人逃跑了。

当这个小伙子拿着十二只母鸡到家的时候，第三个兄弟说：“我要去找木薯啦！”

他来到一个叫梦迪尼奥[①]的地方，躲藏起来。过了一段时间，他看见一个老迈的男人牵着一头毛驴走了过来。毛驴驮着一袋干木薯粉。

小伙子慢慢靠近毛驴，把绑在毛驴脖子上的绳子解了下来，然后系在自己的脖子上。他脖子上拴着绳子，安静地走在老者的身后，毛驴则停在一棵大树下休息。走了一段路后，小伙子不走了，老头拉不动绳子，奇怪地说：“我的毛驴怎么了？”

这时，假装成毛驴的小伙子对老头说：“我和你在一起很长时间了，难道我不能变成人类吗？”

老头扭头一看，吓得目瞪口呆。小伙子趁机踢了可怜的老头两脚，然后快速逃跑了。

小伙子返回树下，找到毛驴和毛驴驮的木薯粉袋子，把它们

① 梦迪尼奥：葡萄牙语为 Montinho，位于佛得角塔拉法尔岛。

带回家，开始为盛大的节日做准备。

节日当天，大家围聚在篝火旁，三个小伙子边跳边说：“疥疮在火上，健康在身体里！”

那只被带回家的驴子很瘦，饥饿的它吃光了附近所有的青草。于是，三个小伙子捎信给可怜的老头，让他前来牵走自己的毛驴。

那天，老头弄丢了毛驴和木薯粉，回到家后，被自己的妻子大声责骂了一顿。所以，他很高兴能找回自己的毛驴。

老头看到毛驴，说：“可是，你是我那头毛驴吗？”毛驴非常生气地转过身，对老头说：“那你说我是谁啊？”听到这话，老头吓得赶紧离开了。他把毛驴留在那里，再也没来找过。

这个故事还没完，那三兄弟养成了欺诈、偷盗的习惯，后来被人们识破，最终得到了应得的惩罚。天网恢恢，疏而不漏，不管骗术有多高明，终有被识破的一天。

鬣狗、野兔和胶水

有一天，鬣狗和野兔约定各自去养鱼。

野兔把自己养鱼的地方选在一片沼泽地里，鬣狗把自己养鱼的地方选在一个水塘中。

早上，野兔起床去看自己的鱼塘。它抵达沼泽地，却对小鱼不管不问，跑到旁边的稻田里捉青蛙去了。然后，它来到鬣狗的鱼塘边，看到鱼塘里全是鱼，便将自己捉到的青蛙放到鬣狗的鱼塘里。

又做了几件事情后，它跑回了家里。随后，它又来到鬣狗的门口敲门，叫它一起去看养着花斑鱼的鱼塘。

鬣狗在房子里回答说："现在天已经亮了吗？"

"当然！"兔子回答。

"那我们走吧。"鬣狗说。

它们两个首先来到野兔的鱼塘。鬣狗惊奇地说："你鱼塘里的鱼已经满了！"其实在此之前，野兔把鬣狗鱼塘里的鱼全都抓到自己的鱼塘里了。所以，当它们来到鬣狗的鱼塘时，只看到一只只青蛙。

就这样，野兔每天都将对方鱼塘里的鱼抓到自己的鱼塘中，并把青蛙放入对方的鱼塘中，所以，鬣狗在自己的鱼塘中看到了越来越多的青蛙。

很多天过去了，直到有一天，鬣狗问野兔：“怎么才能养好鱼呢？”

野兔说：“你知道自己该做什么吗？你该先去找一个摩尔人[①]巫医。”

天还没亮，鬣狗便前去咨询摩尔人。摩尔人巫医这样对它说：“你去找一些胶水，再去找一根木棍，把胶水涂在木棍上，然后在木棍上盖上东西遮掩一下……”

就这样，鬣狗遵照巫医的建议，把一根涂满胶水的木棍插在鱼塘中。

早上，野兔又早早来到鬣狗的鱼塘里。天还黑着，它看到水里有一个人，便说：“鱼塘里好像有一位阿姨，但是，这真的是一个人吗？”

“喂！原来你也每天到这里抓鱼！”

没人回答它。

当然，野兔不知道这是鬣狗设下的陷阱。它跳进鱼塘朝木棍游去。它游到木棍前，用手指着木棍说：“嘿，如果你不说话，我会打你一耳光。”

沾满胶水的木棍依旧保持沉默，只是直直地立在那里。

---

① 摩尔人：主要由埃塞俄比亚人、撒哈拉人、阿拉伯人和柏柏尔人组成。

野兔打了木棍一耳光，手被胶水粘住了。野兔继续说：“啊，你竟然敢抓我，我还有另外一只手呢！”

它又打了木棍一巴掌，另一只手也同样被粘在木棍上。“你以为我没有其他办法制服你吗？”野兔说。

接着，它用自己的头用力地顶了一下木棍，然后大叫道：“啊啊啊！你以为我没办法了吗？”

野兔又用自己的胸部用力地撞击它，结果它的上身也被粘在木棍上。随后，它又踢了木棍一脚，脚也被粘住；又踢一脚，另一只脚也被粘住。野兔整个身体被粘在木棍上了。

上午，当鬣狗抵达自己鱼塘的时候，它大声感叹着：“原来每天偷鱼的就是你！你把从这里抓的鱼带到你的鱼塘里，然后再把青蛙放到我的鱼塘里。不过，你还是被我擒获啦！”

出生在火里的野兔

很久以前，鬣狗有一块花生地，松鼠总是叫上野兔一起去那里偷花生。

一天，鬣狗出门遛弯，回来后发现自己的花生竟然丢了一大半。从那时起，它什么都不做了，专门寻找偷东西的贼；同时，它制作了一个套环放在小偷必经的路上。

不过，野兔很聪明，每次偷花生时它总是小心翼翼的。当它发现放在路上的套环时，它对松鼠说："嘿！你看到了吗？鬣狗想要抓住我们，还在路上安放了一个套环。我们必须走另一条路。现在，我们去找通往花生地的新路。"

就这样，它们两个找到了一条新路。它们又开始偷吃花生了。突然，它们看到鬣狗正慢慢地向它们靠近……等鬣狗快要走到它们身边时，它们立即起身逃跑了。

野兔非常聪明，它把鬣狗放在路上的套环绳子弄得很脆。

第二天，它又来了，而且还带来一位歌手。

它和歌手约定当鬣狗出现的时候，歌手就要唱：

你受伤了，举起你的手，
快跑吧，鬣狗会抓住你，
并把你杀掉，
快跑吧。
你受伤了，举起你的手，
快跑吧，鬣狗会抓住你，
并把你杀掉，
快跑吧。

当鬣狗出现的时候，歌手开始放声歌唱——歌手是一只松鼠。野兔开始奔跑，碰巧它的脚踩上了套环！它的脚立即被套环套住了，眼看要被生擒了；但是，那个套环的绳子早已非常脆了，野兔用力地拉扯着绳子，很快，绳子被扯断了！它摆脱套环，消失得无影无踪。

又过了一段时间，野兔又出现了，鬣狗制作了另一个套环，它把棉花拧在一起制成一条绳子，但这样的绳子太不结实了。

野兔看到歪七扭八的棉花绳子，对歌手说："好啦，你可以继续弹奏那首歌。"

野兔再次逃跑时，它故意把一只脚放在套环里。瞬间，套环套住了它。野兔等满心欢喜的鬣狗近在咫尺时，轻轻一拉绳子，绳子就断开了，它又顺利地逃走啦。

备受打击的鬣狗想啊，想啊……一天，它找来一根铁丝，又做了一个套环，然后在铁丝上缠上厚厚的棉花，又将它放在野兔的必经之路上。

野兔抵达设下圈套的地方，只瞄了一眼便说："嘿！今天这条绳子会断得更快，它一点韧性也没有。我要等鬣狗走到身边再开始逃跑。"

野兔和松鼠开始在田地里偷东西，一直到鬣狗已经站在它们眼前。松鼠急忙逃跑了，傲慢的野兔却主动把自己的脚放进套环中。它准备弄断套环时，却发现自己被一根铁丝牢牢地绑住了。

哎，它用尽各种办法也没能挣脱铁丝制成的套环……鬣狗走近它，用手抓住它说："小侄女！我抓到你啦。"

野兔回答说："婶子，你说的是大实话！"

鬣狗说："好啊，我们走吧。"

当它们回到鬣狗家的时候，鬣狗把捆得结结实实的野兔扔在地上。鬣狗家里存放了很多干柴，它点燃了干柴，然后拎起野兔要把它放在火上。

野兔笑嘻嘻地问："婶子，现在你带我去哪里啊？"

"我要把你放在那堆火上，这可是我特意为你准备的。"

"嘿！没必要这样麻烦！如果你了解我，就不会做这些无用的工作了。你仔细看我的眼睛，它们是红色的。你看到了吗？"

"看到了。"鬣狗回答。

"这是因为我出生在火里。你把我放在火上对我不会有任何作用，你应该把我放在外面的草地上，那里才是我生命的终点。"

愚蠢的鬣狗听了野兔的话，没有把兔子放在火堆上，而是把它放在了草地上。

野兔一到了草地上，立刻跳起来逃跑了。

它边跑边高兴地对鬣狗说：“婶子，我们改天再见。”

鬣狗悔恨万分，与野兔成了死对头。

小狗从什么时候不再说话

桑·法丽和顺·弗雷弗雷是一对关系不怎么和谐的夫妻。

有一天，顺·弗雷弗雷带着自己忠实的小狗洛洛前去打猎。他捕获了很多猎物。

怎么才能一次性地把所有沉重的猎物运送回家呢？顺·弗雷弗雷坐在一块石头上思考着。这时，洛洛摇着尾巴对他说：“顺·弗雷弗雷，我可以帮你运输。但你一定要严守秘密，不能和任何人说。”

“洛洛，这也算秘密吗？为什么呢？”

“如果桑·法丽知道我能运输东西的话，那么她会布置给我永远也做不完的运输工作。”

“好吧，洛洛，你放心，我一定会严守秘密。”

“你也不能和别人说我会讲人类的语言。”洛洛担忧地强调。

“朋友，你完全可以放心……”

洛洛独自背着猎物回到了家里。那时，桑·法丽正在小河边洗衣服。

当顺·弗雷弗雷到家的时候，妻子问他：“弗雷弗雷，你一个人是怎么把这么多东西背回来的？是谁在帮你？”

“是我自己一个人背回来的！”

桑·法丽觉得难以置信，她认为这根本不可能。

“我说过了，猎物是我自己背回来的！”丈夫简洁地回答。

桑·法丽依旧非常固执，她威胁丈夫说，如果不说出真相，就让他一个人把很多东西全部背到她居住在森林里的父母家去。

顺·弗雷弗雷挠着头仔细思量着——独自一个人把东西背到森林里实在太困难了……最终，他说出了一切：“我们的小狗洛洛帮我搬回了沉重的猎物。”

洛洛听到他的话，开始不停地呻吟。它在院子里转了两圈，然后趴到炉子的灰烬上。

从那时起，所有的狗和它们的后代都不再讲话了。

奸诈的乌龟

乌龟的日子过得很差劲，它总是欺骗身边的人，也就是说，它在不停地制造敌人。

一天，它走进王宫，对国王说："你好，你好！"

"乌龟？！现在请你立即滚出去！这里不欢迎你。"

"你不欢迎我，任何人和任何动物都不欢迎我，特别是在它们吃东西的时候。"

"倒霉蛋，你快滚！"

乌龟走出宫门，坐在树荫下的小板凳上不肯离去。

"乌龟，你要在这里等死吗？"

"我在这里等待属于我的机会。"

"那你可能得等到死。"

"你看那些母鸡，它们从来不缺少食物吗？"

"混账乌龟！在我的鸡舍里，母鸡可以吃到非常好的食物。在这里，它们不会挨饿。"

乌龟沉默了一会儿，然后开始说："你愿意和我打赌吗？那些鸡会吃我喂给它们的东西；如果它们不吃，你可以命人立即杀掉我。”

“如果它们吃了你的东西呢？”国王问道。

“如果吃了我带的食物，那么，我要住进你的王宫。”

“你疯了吗？”

“如果我赢了，请把你的女儿嫁给我做妻子。”

国王大声笑起来，他命令大家聚集在王宫内。他要让乌龟付出应有的代价。

他命令仆人们带着装满玉米和饮料的大篮子去鸡舍里喂饱所有的母鸡，然后再将母鸡带来。

大家都坐着等着。仆人们带来的母鸡吃得饱饱的，它们只想趴在地上睡觉，即便是在大白天——国王的母鸡们早已不知道如何飞上鸡窝了。

乌龟拿起一个大篮子，篮子里有两根木棍，木棍已经腐朽了，上面每个小洞里都有好多虫子。乌龟大摇大摆地把手中的棍子扔在地上。母鸡们被这声音吵醒了，很久没有吃到虫子的母鸡们飞奔过去开始享用虫子大餐。

扬扬得意的乌龟高兴地说：“我的穷日子到此结束了！现在，我有吃不完的母鸡和各种各样的食物了……我也将成为国王的女婿啦！”

歌唱的公鸡

传说在很久以前，圣多美是世界上所有公鸡的避难所。岛上到处都是公鸡，几乎任何时间都可以听到公鸡的叫声，弄得小岛上好像总是在举行盛大的节日派对似的。

公鸡们几乎霸占了整座岛屿，它们已经忘记自己并不是小岛上唯一的居民。

一些人非常喜欢公鸡，因为他们觉得公鸡可以传递快乐。因此，他们喜欢公鸡的叫声。另一些人则持相反的态度。他们认为公鸡的叫声非常刺耳，所以，他们对公鸡十分厌恶，且已经不能再忍受如此吵闹的叫声。

于是这部分人让一个信使给公鸡们带去以下信息：

我们建议你们定居在距离我们很远的地方。不然，在四十八小时内我们两个部落将会发生一场战争。胜利的一方将会永远留在这里。

公鸡们非常有礼貌，它们选择了第一种方式。它们立即召开会议决定选出一个国王，让它带领它们处理棘手的问题。最终，它们选出一只很大的黑公鸡做自己的领袖。

它们开始准备大迁徙。

经过漫长的寻找之后，它们用一年的时间终于找到一个如意的地方。那里非常适合公鸡们建造家园，随后，它们便定居在那里。

从那时起，从南到北，由西向东，人们再也听不到公鸡的叫声了。但是在某些地方，人们可以在固定的时间听见公鸡的打鸣声。所以，岛上的居民仍然认为圣多美是公鸡们定居的地方。

火岛人①永远有道理

一个乡下男人来到城里，他在口袋里装了一个烟袋锅。

在返回农村之前，他一直坐在沙瓜特的大桥上一边抽烟一边等待他的好朋友。当他的朋友抵达后，两个人开始踏上回家的路。

他们走啊，走啊，走啊，一直走到村口。这时，男人想抽口烟，便从袋子里拿出烟丝。但他没找到烟袋锅，因为他在城里买了很多东西——糖、饼干、米、鱼、洋葱、煤油——这些东西把袋子撑得满满的，找东西很费劲儿。

男人对自己的好哥们儿说："我的烟袋锅可能掉在沙瓜特桥的桥底下了，也可能在我的袋子底部。"于是，他向城里走去。

走啊，走啊，他终于到达沙瓜特大桥。他在桥下找了半天，还是没有发现烟袋锅。随后，他彻底搜寻了一次自己的大袋子，当他找到烟袋锅的时候，他说："我说对了，烟袋锅不是在桥底下就是在袋子里。"

---

① 火岛人：是对非洲佛得角人的一种通俗的称呼。

小女孩几内亚

很久以前，有个母亲有一个非常漂亮的女儿。她越长越漂亮，比太阳还要美丽。糟糕的是，母亲看到她的美丽，很担心别人会偷走她。

她禁止让其他人见到自己女儿；同样，也不允许他们喜欢自己漂亮的女儿。就这样过了很长时间。

母亲害怕失去她唯一的女儿，这是上天赐给她的唯一的家人。她决定把女儿藏到一个谁都找不到的地方。

在那里，她和女儿艰难度过七年又七天的时间。小女孩的名字叫几内亚，她被母亲带到山洞里藏了起来。

在漆黑的晚上，她把小女孩几内亚带到山洞里，那是一个人迹罕至的地方。

她对女儿说："女儿，你要留在这里，我这样做都是为你好。山洞的大门永远不要为这个世界的任何人打开，除非你听到我的歌声。"这是一扇神奇的大门，一块大石头堵在山洞口，只有魔咒才能把它打开。

就这样，几内亚每天两次都会收到母亲给她送来的食物和水。

每天早晨，在太阳升起之前，每天黄昏，在太阳落山之后。母亲都会用自己的歌声给她送来食物。

她这样唱道：

几内亚，几内亚，几内亚，
开门，开门，开门，开门，
谁在白天来到这里？
谁在黑夜来到这里？
几内亚，几内亚！

太阳得知几内亚被关在山洞里后，很担心，它灿烂的光辉已经很长时间没有照耀在小女孩几内亚的身上了。每天，它从天空中升起来，开始在世界每个角落寻找小女孩几内亚的踪迹。

大家都回答说，它们从未见过这个漂亮的女孩子。

太阳去问大海：“大海，你见过一个非常漂亮的女孩吗？”

大海回答说：“如果她比我的海浪还要美丽，你可以去问天空中的云彩。”

接着，太阳转身问白云：“亲爱的白云，你见过一个非常漂亮的女孩吗？”

变幻的云彩以为自己是世界上最漂亮的，它回答说：“太阳先生，我没看见，如果你不是在找我的话……”

就这样，太阳每天过着寻找小女孩的日子。每天傍晚，太阳都会非常疲惫地回到大海深处的大床上。第二天，它又会早早起床重复着同样的工作。

魔幻城市

在福佳美素村里有两个年轻人，一个叫曼巴，另一个叫金坷拉，他们是一对形影不离的好朋友。

有一天，两个人约定一起去钓鱼。就这样，他们各自回家准备自己的钓具，即鱼钩、渔网、钓线、渔竿等。随后，他们告别父母，高兴地径直向小河走去。钓鱼是他们最喜欢的活动。

在福佳美素村有很多成年人像他们一样擅长钓鱼，他们都是出名的钓鱼好手。所以，在那里，很多当地鱼贩到福佳美素村来买鱼。整个上午，曼巴和金坷拉都在钓鱼，到中午的时候，他们已经钓到很多鱼，足够很多天食用，他们高兴极了。

在他们回家的路上，突然，他们发现远处的杂草在疯狂晃动，他们决定走近看一下。当他们走到那里的时候，被眼前的一幕震惊了，原来草里有一条巨大的蟒蛇正用身体紧紧缠着一条鳄鱼。看上去它们都非常疲惫，谁也没有办法战胜对方。

金坷拉是一个非常胆小的人，他躲在朋友身后，假装什么都没有看到。

曼巴先观察了一番，然后决定做些什么。

在这个过程中，它们依旧相互锁住对方，难分难解。曼巴从身后拿出一张弓，又从箭筒里拿出一根箭，正在他搭弓射箭的时候，蟒蛇对他说："嘿！别这么做！不过，希望你能帮帮我。请你杀死那条鳄鱼，救救我，因为它住在水里，而我们都住在陆地上。"

"不，年轻人，请你不要听蟒蛇的话！"鳄鱼警惕地说，"请你射死它，救救我！"

曼巴不知道自己该怎么办了，接下来，他思考片刻，搭弓射箭向蟒蛇射去。

鳄鱼感谢曼巴救了它，并邀请他到自己的水底世界做客。作为补偿，它的父亲会赠送他一些礼物。接着，他们跳入河水，来到鳄鱼父母的家中。

当他们抵达的时候，曼巴才明白原来鳄鱼是这个水底世界的王子。

整个国家都在为曼巴的聪明和勇敢鼓掌喝彩。鳄鱼国王赏赐给曼巴一枚戒指作为奖赏，还说："你可以对着这枚戒指说出你想要的任何东西，它会帮你实现愿望，因为这是一枚魔戒。"

国王又强调说："但你必须遵守规定：每隔五年，就要给这枚戒指在福佳美素村换一个主人。只有这样，戒指才能继续发挥它的魔力。"

曼巴接过戒指并感谢了鳄鱼王子和国王。之后，它们陪曼巴来到河边。接着，曼巴找到藏在灌木丛里的弓箭和装鱼的网兜，他不想再浪费时间，因为太阳已经落山，夜晚马上到来，曼巴想赶快回家。

他迟迟没有回家，让父母非常担心。当父母看到曼巴的时候，赶紧跑过去紧紧地抱住他。吃完一顿美味的木薯粉糊糊配鱼肉和木薯叶酱，曼巴把白天发生的事情告诉了父母，接着，他把戒指交给自己的父亲还把使用的条件告诉了父亲。

父亲说："如果这枚戒指有强大的魔力，希望它能把我们家的茅屋变成一座美丽的新房子。"

父亲刚说完这句话，老旧的茅屋就变成一座摆放着很多家具的漂亮大别墅。"哇！"大家异口同声地惊呼道。

当天晚上，曼巴的父亲雷塔召集村子里所有的村民前来开会，他让村民看看村子里发生的奇事，说这一切都是因为他的儿子得了一枚魔戒。

就这样，从那晚开始，整个村子变成一个美丽的城市：女人们不需要头顶着空罐子四处取水，因为村子里每家每户都有自来水；没有人再用木柴生火做饭；先进的医院里可以治疗病人，所有孩子都可以接受教育，每个人都有工作，所有人都有舒适的住房。

当曼巴说出自己的愿望的时候，所有的一切都会变成现实。但是，雷塔没有和其他村民说使用戒指的规定：每隔五年，都要给它换一个新的主人。

从那天晚上开始，福佳美素村变成一个美丽的地方，这里没有贫穷、文盲，也没有失业，很多其他村子的村民都到这里找工作，以求改善生活。

在即将满五年的前六个月，曼巴提醒父亲应该把戒指交给村子里的其他人家，因为这一切都是鳄鱼国王的要求。但是，父亲并没有听，也没有把戒指交给其他人，他说："没有人可以比我更好地保管这枚戒指，这里一切都非常好，老百姓们丰衣足食。"

有一天，晚餐之后，人们前往剧院参加音乐节活动。雷塔出现在活动现场并发表了演讲。当他在人群中发表贺词时，村子瞬间变成漆黑一片。

一切都变了，变成以前的样子。新式的房子变成破旧的茅屋。这时，雷塔才想起儿子给自己的忠告。

他跑回家想要找到解决方法，但是，当他来到存放戒指的地方时，却发现戒指已经不见了，一切为时已晚。

眼泪从他悲伤的脸颊滑落，他大声绝望地呐喊着，后悔没听从儿子的忠告。